상상도

상상도

홍찬표

좋은땅

표지: 161, 233

소년 우주에 시 함축을 풀다

1

구름을 한입 떼 달콤하게 먹어요

그러면 작아진 내가 되어

메마른 나뭇잎 배를 올라타

빗물을 강줄기처럼 타고 흐르지요

한 방울 비에 무게를 화산 활동같이 터져 받으며 이리저리 피해 흘러요

흐르는 동안 42에 관한 문제를 풀어요

그것은 숙제가 아니지만 살아가는 동안 한 번 생각하게 되죠

나는 그 답을 한 문장으로 이야기할 수 있죠

태어난 이상 죽음을 향해 사는 동안 만남이라고

나는 1 너도 1 그리고 만나는 것은 합

한숨이 쉬어 와요 어느 것에도 영향을 받지 않는다는 것은

어느 것에도 영향을 받는다는 것과 다르지 않으니까요

상상합니다 상상은 아지랑이처럼 올라 솜사탕이 돼요

울어라! 솜사탕 비는 달콤해

막대를 하나 꽂아 봅니다 깃대처럼

솜사탕 깃대를 달고 나뭇잎 배 타고 상상도에 가요

2

나뭇잎 배를 타고 도착한 상상도에는

나는 이곳을 전에도 왔었어요 그때는 이유를 몰랐죠

그때는 이 섬에 아무도 있지 않았었고

이번에는 노인이 있었지요 노인은 아이가 산타클로스

하얀 수염을 하고 있고

꽃을 외로움이라고 하며 그리움을 물처럼 주고

물이 담긴 것은 펼쳐진 책과 사진이 나왔고

그 뒤 사람도 펼쳐 있는 책 들고 그리움 주고 있었지만

색은 달랐어요

노인은 연한 연두색

아이 모습 수염 자국 있는 아저씨는 등 뒤

벽시계 짊어지고 벽시계는 4분 33초 고정되어 있어요

그리움이 담긴 곳에서는 줄줄이 사진과 문자들이 추상적으로

황금색 알갱이가 나오고 있었죠

아저씨는 풀에만 주고 있었어요

풀은 가만히 들여다보니

커다란 코만 삐뚤게 걸려 있어요

사진을 쿵쿵 문자는 커다란 포켓 주머니에 넣었죠

그 문장은 꺾인 외로움 꺾인 그리움이었어요

꽃을 가까이 보자 집들과 마을이 살고 있고 옆에 꽃은 꺾여

있어요

3

그런 꽃을 보고 있으면 그 속에서 오고 가는 사람들을 만날 수 있었다

지나는 길
가운데 위아래로 붙은
계단에 눈이 있어 눈을 누를 때마다 팔이 올라와 깃발을 흔든다
깃발에는 파랑 다이아몬드 붉은 하트 초록 클로버 검은 스페이스 문양
이 있다

한쪽에서는
크기가 다른 무표정한 나무는 왕관을 던진다
동 왕관을 벗어던지는 나무들이 있고
은 왕관을 벗어던지는 나무들이 있고
금 왕관을 벗어던지는 나무들

땅에는 참새들이 책상다리로 앉아 새들보다 큰 자명종을 앞으로 매고
있고 시침과 분침과 초침이 없고 숫자도 없는
자명종이 울리고 있고 울리는 소리에

쌀알은 이리저리 튕겨 모여 공포에 부들부들 떨고 있다

4

무지갯길에는 둥근 회색의 돌들이 걸어갈 때마다
이리저리 걸음을 피해요

돌들이 굴러갈 때 색채가 투명해지는데 투명한 것 보면
선이 있고 선속에는 세모가 있고 세모 속에는 네모가 있고
네모 속에는 오각형이 있고요
겹쳐 있는 것이 더 작아지며 각은 점점 늘어나 있어요
끝까지 다 볼 수 없었지만

간혹 망토를 두른 돌들이 길 가장자리에 크게 놓여 있어요

그곳에 한걸음 뗄 때 내 몸 투명해집니다

하늘에서 난 하얀 맨발 자국 내려오고 무지갯길
닿으면
모여 손에 손 잡고 빙글빙글 돌아요
돌다가 지친 발자국은 일정하게 나열되어 누워요

나는 나의 후손 너는 너의 후손

5

의자들이 모여와 신기하게 쳐다봐요
의자는 의자를 낳고
그들은 눈이 없지만
알 수 있죠

투명한 발끝 이미 무지갯길 색이 관통해 보이고
몰려든 의자들에 둘러 나아가지 못해요

왕관을 뿌리는 나무 밑에는 한쪽 다친 의자들이 모여 있고
이곳저곳 훼손된 의자들이 팬 들고 엎드려 있어요 메모지는 도망 다니
고 모여든
의자에는 온기가 스치고

다친 의자들은 나무가 던진 왕관 쓰고 있고
다친 의자들 미온과 냉온 차이 왕관에 각각 다르게 칠한 볼펜 들고 서열
다퉈요

비둘기들은 하늘을 걸어 올라가고

쌀알로 껍질을 탈의하지 못한 귀리들이 땅에서 송 소리 내며 올라 껍질

벗고 비둘기 입 향해 다이빙해요

커다란 손모가지 커다란 보름달 거머쥐며 떠오르고

손과 달빛 낮처럼 환하고 뚜렷하게 보여요

6

달빛의 호흡이 깨어나 달의 눈이 떠 있죠

제비들은 하나씩 가느다란 실을 입에 물고 산과
이어져 있고
산에는 커다란 입이 바다를 마시고 있어요

바다에 물살은 천천히 흐르며 색깔은 구간마다 달라 빨간색 마시다가
주황색 마시다가 파란색 마시다가

바다는 무지개색 순서대로 산으로 들어가요

제비들이 물어 올린 산은 올라갔다 내려갔다 하며 바다 마시며 산속 밑
으로 내보내요, 그것이 폭포가 되고 강 되어 흘러요 먼먼 곳으로 투명한
것과 무지갯빛 강 되어 흘러가요 먼먼 것에 둔 시야가 흐릴 뿐이죠

무지갯길 가 한 여인 무지갯길 걸어가고 있고 다른 한 여인 무지개 파먹
고 있어요 여인들은 눈이 중앙에 위아래로 붙어 있고 먹고 있던 무지개

가 소화도 못 해 입에서 튀어나와 초침 시침 분침을 뱉고 있죠

여인이 뿌린 분내 곁 대장장이 망치 높이 쳐올리며 달빛 호흡 만들어요

7

가느다란 메모지를 다듬고 있어요
그 메모지에는 추상적인 문장이 있고 다듬질을 잘해야 한다고 해요
두드릴 때마다 저마다 색이 다변하고

저는 추상적인 문자에 다가가요 그 문장에는 한자로
은유(隱喩)라고 쓰여 있죠 숨을 은 깨우칠 유

반대로 읽어 봐요
유은(喩隱) 깨우침이 숨었다

대장장이 앞에는 거울이 있고 그 속에는 또 거울이 있고
거울의 반복이 되어 있어요 대장장이의 모습은 하나도 보이지 않고 메
모지를 홀홀 털어 무지개를 불꽃처럼 튀어 내요

만지지 않으면 허상일 뿐이고 만져지는 것은
소유의 것이 아니라 잠시 스친 것일 뿐이에요

번개처럼 문장 지나가고 있고 무수한 문장들이
올챙이처럼 하늘을 수영해 뒤따르고 있어요

8

푸른 산 위로 커다란 손잡이 달린 사기 컵 떠 있고 사기 컵에는 가득 물
차 있고 넘치는 물에서 작은 고래 무지개 바닥으로 바다처럼 뛰어내리고
손잡이의 뒤쪽 바다의 층계가 보이고 떠받들어진 컵 밑으로 바라보고
있었습니다

한쪽 손 바치고 있는 백골
서서히 안개 흘러가는 사이 거대한 백골 비워진 안구 자리 눈물처럼 폭
포 흘러내리고 다른 한쪽 안구의 자리 하얀 모래 흘러내립니다

커다란 뼈마디 어딘가로 가리키는 손짓
안개는 손끝을 가리고 미지로 남겨두는 백골

저는 사방을 팔방을 둘러보았습니다
위와 아래도 둘러보았습니다

나는 갑자기 슬펐습니다 그것에는 아무것도 향기가 전해지지 않았으며
고향 향수 그리움 없었기 때문으로

동물 아닌 듯 멀어진 코끝 향기 비릿하며 역겹고 했던 구분의 냄새 호흡
의 마비 온 것처럼 굳어 열려 있지 않았습니다

9

잠시 고향의 향수 내리는 거친 내 호흡

발끝으로 뻗어 들어온 무지개 일부가 되어

무지개를 깨물었더니 아삭 소리 내며 빛의 속도로 이동했다

백골의 커다란 동굴 같은 안구에서 손가락 가리키는 곳을 보았다

백골 가리킨 곳 어딘가 꿈 잃은 나그네

있을 것 같았다

멀리서 보이지 않던 컵 위 커다란 하얀 나비 앉아 하얀 발자국 날리고

있었다

나는 상상도에 도착해 처음으로

무지개 길의 색을 들어 냄새를 맡아 보았다

무지개 향기가 났다

무지개 빨간색에서 체리의 향이 났다

약간은 비릿한 소나기 냄새 섞여 내며 떠올려지는 붉은 기억의 향기들

이 스며 있었다

10

뒤돌아본
백골 뒤 안구 깊숙이 보이는 동굴

나는 앞을 바라보며 한참을 바라보다
때마침 동아줄처럼 내려오는 나비의 입을 잡고
휘감겨 백골 이마 지나 바다 담긴 커다란 컵 가장자리 볼 수 있었다

커다란 동그란 바다 컵 떨어지며 생긴 안개 보이고
큰 폭포의 소리 들리고
바다의 층계를 오른 고래들이 수면 밖 참았던 호흡 꽃잎을 뿜는다

나비의 휘감긴 입을 타고

11

꽃잎과 하얀 발자국 뒤섞인 하늘

하얀 나비 커다란 얼굴 지난다 나비 입 통해 올려준 나비 머리 뒤편 머리와 몸통 이어주는 목의 다리 지나 멀리 나비 등 뒤에 자라온 마을 하얀 목화 들판처럼 보인다

꽃가루가 눈처럼 쌓인 길 어딘가 불어온 바람에 하얀 발자국 떠 날아간다

12

하얀 다리 걸어가며 무지개 발자국 남긴다
다리 지나 몸통으로 한참 걸어간다
걸어가는 동안 만나는 갈증
다리 건너 다다른 하얀 마을
목화솜 둥글게 붙어 있는 집들
하얀 면사포를 쓰고 다니는 사람들
노오란 옷을 걸치고 다니는 사람들
뒤섞여 다닌다 성별의 구별이 없다

신기하게 나는 쳐다보는 사람 하나
보디랭귀지 한다
혀끝 내밀어 보여 헉헉
잔 들어 목 넘기는 시늉

13

나비 입 모양 테이블
날개 의자 앉아요

별 담은 음료 유리컵 넣어 내주고
별을 마셔요
내 안에 수없이 많은 별 들어와
갈증을 해소하며 목 넘어
톡톡 상쾌함 터지고
무수한 잔해 은하를 이뤄요

나는 음료값으로 빳빳한 무지개 하나 내어 줍니다

14

나비 입 마을 위 솟구쳐 올라 보이자
사람들 집 들어가 문 닫고 숨어요
하늘 뒤덮은 갑작스러운 어둠 기둥

나비 하늘 날아 별을 낳아요

별들 깨어나 기어 다니고 어떤 별은 일어서요

별 일어서는 것 봐요
별 걷는 것 봐요
별 뛰는 것 봐요

그중 시름시름 떨어져 백골의 손끝
저편 떨어지는 별 하나 아침을 켜고

15

동트는 곳 향해 날아가는 나비

무지개 마중 나와 나비보다 높이 떠 있고

나는 하얀 백골 손끝 앉아 바라봐요

나무들 구름 계단 밟고 올라
푸른 잎으로 둥근 별 투명하게 닦아요

무지개 위
눈 감은 달 턱 받친 손
나무가 닦아 투명하게 윤광 붙어요

16

달 닦던 나무 나뭇잎, 나뭇잎 흘리고

푸른 나뭇잎 내 앞에 내려왔어요

앉아 있던 자리 일어서 생기는 달그림자
백골의 손톱이 되고

나는 나뭇잎으로 들어서요
나뭇잎은 무지개가 되어 하늘 달려요

나뭇잎 속 푸른색 피부를 가진 사람들이 만 원이에요
비집고 스며든 나뭇잎은 무지개 바람을 만들어요

하늘 날며 보이는 밑

활활 타는 불과 큰 나비 벗어 놓은 허물 보여요
쪼개진 허물 집이 들어 있어요

나뭇잎은 활활 타는 불 앞에 멈춰요

17

달빛이 사람의 모습으로 걸어와

외 구두 발자국 하나 그의 가슴에서 꺼냅니다
환한 불을 따라 그 불 마시는 모습을 보여 줍니다

달빛이 따뜻하게 환해집니다
외구두 발자국 하나 불을 따라 줍니다

아픔 공포의 것들 구두 발자국을 놓치고 맙니다

발자국 떨어져 깨지고
불은 발 포근한 온도로 따뜻하게 적십니다

시리던 발끝 번져 오르는 온몸
환한 노랑, 불 물들고
나뭇잎의 사람들이 밝은 노란색 불 옷 갈아입고
절을 합니다

달빛 손잡고 따라 걸어갑니다 그곳은 모닥불 도시

18

모닥도시
기둥들이 서로 기울여 모여
틈 같은 창가 있고 그 창밖으로 손짓하는 환한 사람

온기 잃은 눈꽃들이 내려와 온기를 지니고
흘러내리는 곳

환한 햇살에 널어놓은 마른 향기 스민 곳

사슴이여 눈물을 놓고 가라
환한 달빛 구호 외친다

이따금 톡톡 터져 오르는 폭죽
하얀 사슴들이 하얀 나뭇잎을 태우고 오르는 하늘색 밤

19

나뭇잎이 던져 놓는 노오란 불 옷
허공에 멈춰 사라지고
도시의 중심지로 향해 걸었다

도시를 울리는 쩡쩡, 거리는 쇠를 내려치는 소리 천둥처럼 울리고 그 소
리에 끌려 달빛 손을 놓고 소리 밀려들어 갔다
불씨 망치를 들고 무지개 두드린다

불씨 무지개 건넨다

무지개를 집는다 내 안에 뻗어 들어온다

내 몸 무지개가 이리저리 휘어 다닌다

나는 근처의 기둥 가까이 손을 짚는다

무지개가 뻗어 나가기 시작

했다 도시가 물들어 갔다

20

멀리서 보는 조감

윤곽만 보이는 소년 무지개를 번쩍 집어 들어 올렸습니다

기둥에 손을 대니 모든 불씨의 도시는 무지개가 되었습니다

소년은 아주 작게 보였고 흐릿하게 보였지만 무지개 순 서적 색채
그의 속에 맴돌고 있는 것이 선명히 보였습니다

주위의 것들 모여들었습니다 하얀 사슴 불 옷 입은 하얀 나뭇잎들

조금 뒤에 서서 보던 달빛의 형체 발밑부터 올라 무지개색 되었습니다

위쪽 중앙 큰 눈 달 윤곽
사방 무지개 내려, 비추고 빈 여백 것은 없습니다

왼편의 위쪽

커다란 손 하나 다가오고 있습니다

21

커다란 누워진 눈
각막 위 건물들 검은 채색으로 서 있고 창문만 노오란
커다란 눈꺼풀 눈동자 깜박거릴 때마다 어둠 도시 덮었다

내안각 외각 나가는 물 눈물 멈추지 않는다

온통 검은 색상 검은 눈꺼풀 외 외형 없었다
홍채 외관 흰 채 중심 달랑 있고 도시 있고 주위의지면 밴타블랙

멈추지 않는 눈물에 색채 손 담갔다

올려다보는 것은 모두 더러운 모습 추한 모습
눈물에 쓰여 있게 흘러 손끝으로 보인다

22

큰 하나 눈을 머리 정수리 달리고
다른 하나 눈 손바닥 하나 들고 있는 도시와 같은 색사람

왼손 오른손 옮겨 다니고
손에 다른 것은 쥘 수 없이 검은 빈 몸

노란 창밑 그들이 지나는 것 비춘다
빛에 반사된 눈

다른 검은 건물 노란빛으로 들어가려는 눈 들고 있는 사람

23

하늘 맑은 뭉게구름 지평선 사이

새빨간 큰 입술 하얀 이빨 보이며 웃듯 해처럼 떠 있다

낮인데도 꺼지지 않는 등대 켜져 있다 노오란 불빛 입 향해 있다
불규칙적인 작은 입술들 물새처럼 바다에 앉아 있다

24

노오란 문으로 들어가 의자에 앉아

큰 눈 정수리에 달린 검은 형체
몸에 달린 문 열고 그림 하나 사선으로 꺼내 줍니다

커다란 붉은 입술 입을 아! 벌리고 있고
그 입은 바다를 마시고 있고
그 두 번째 그림 붉은 입술 해처럼 떠있다

그 세 번째 큰 혀 내밀은 입
혀 위 공장 있고 건물 있고 집 있다
집문 열고 나와 당신 바라보며 미소 펼친다
노오란 문 들어가 속내 꺼내 보인 검은 형체

내 마음에 들어와요

25

나비 그림자 눈 하나가 있고
그 눈 위로 도시 있다

나는 무지개를 눈에서 흘러나오는 눈물에 손 담근다
무지개가 되어 흘러가고 나는 다시 무지개를 타고 미끄럼 탄다

미끄럼을 타며
작은 나비들이 철새처럼 무리 지어 날고 있는 광경

오른쪽 하얀 언덕
바람이 입김 불면 많은 초에 불붙고 불은
파랑나비 되어 날아 하늘로 날아올랐다

26

하얀 언덕에서 바라보는 커다란 반딧불이

노을의 불빛 되어 하늘을 날아가고

하얀 촛농 언덕 서서 소년 손 흔들고 바라본다

안녕 반딧불이 소년 강철 무지개가 온몸 빛을 뿜는다

27

잠자리 달려온다

무지개 올려 앉고
무지개 갑옷을 두르고 가자

한 손 무지개 높이 들고

말이 두 발을 드는 것처럼
무지개 고삐 가볍게 들고
잠자리 두 발을 높이 든다

꿈꾸는 자 개척자다
상상하는 자 정복자다

접혀진 날개가 푸드득 펼친다
날아라 잠자리야

28

잠자리를 타고 무지개 한 손들고 하늘 날아간다

꽃들이 올라탄
나비와 잠자리

무지개 옷을 입고
잠자리 나비에 올라탄
개미 베짱이

앞서서 나가리
앞서서 나르리

가자 상상을 정복하자
상상의 성으로

29

커다란 뿌리만 하늘에 떠 있습니다

뿌리 사이로 창살이 달린 구름 감옥 죄수가 무릎 꿇고 울고 있습니다

무지개를 들고 깔아 길을 만들고

뿌리 끝자락 문 하나 지키는 문지기

30

하늘에 떠 있는 뿌리

빛이 물 되어 담겼다

물 안에 무지개 펴있다

뿌리 끝에 흘리는 빛 한 모금

빛 먹기 위해 한 마리 벌새가 날개를 폈다

31

환하게 구름 있는 파란 하늘
코 하나 크게 떠 있고
코가 구름을 내뿜는다

구름이 작은 코들 비처럼 떨군다

개미 하나 바다 위 걸으며
배를 줄에 묶어 끌고 간다

32

바다의 층 밑으로 커다란 귀
휩쓸려 가는 것 코 눈 입 둥둥 떠
소용돌이 말려 들어갑니다
바다의 층 밑으로 커다란 귀
귀 누워 바다를 먹는다

33

커다란 입술 치아를 감추어 아 하고 벌리고
비는 집중되어 쏟아 들어간다
입술 밑으로 붙은 커다란 귀한 짝
귓구멍 밖으로 비 내뿜는다
비는 단어들이 되어 간다
비애 비감 애감 눈물 같은 단어
귀밑으로 젖지 않는 햇살이 투명한 선 없이 붙었다

34

해안 모래벌판 초승달 누워 지평선 후루룩 들이 마시고
그 밑으로
커대란 두 손 태양에 껍질 벗긴다
껍질은 흩어져 별이 된다

초승달은 별을 묶고 이어

바다 걸려진 푸른 목걸이 반짝반짝 빛난다

35

파란 하늘 푸른 나무 잔디밭

색색에 연필들 누워

연필 속에서 잠자고 있던 난쟁이

빨간색 난쟁이 주황색 난쟁이 노란색 난쟁이

초록색 난쟁이 파란색 난쟁이 남색 난쟁이

보라색 난쟁이 연필 들춰 나와

이젤에 걸린 하얀 도화지 걸어 들어가

둥글게 모여 한손 모은다

36

사막 위로
하얀 구름 있는 하늘
커다란 물방울 떠 있고

물방울 속

새우 떼 멸치 떼
참치 떼 고등어 떼 오징어 떼
고래 떼 상어 떼

물방울 밖에서 새 한 마리
물방울 들어가 물고기 낚는다

37

머리에서 무지개가 자라나 기른다
무지개 길게 늘어지면

걸어온 발자국 무지개 자국 남았다

앞면을 볼 수 없이

언덕에서 무지개 머리카락 가진 사람

파란 하늘 흰 구름 사이 떠 있는 커다란 검은 수염 보고 있다

38

가을을 타고 달린다

낙엽을 타고 달린다

달빛을 타고 달린다

햇살을 타고 달린다

꽃을 타고 달린다

나무를 타고 달린다

냉장고를 타고 달린다

그릇을 타고 달린다

39

하얀 사과 거짓을 물고
물들었네

겉 하얀 사과
겉 파란 배
겉 빨간 바나나
겉 백 포도
빨간 참외

겉 붉은 하얀 줄무늬
쪼개면 속 검은 수박

40

네거티브한 과일들

겉껍질 뒤 무지개 깎여 나온다

한 방울 눈물 색은 무지개다

슬픔을 가질 수 있다는 것도 행복이다

당신의 무지개색 눈동자 무지개 눈물 흘러나오고
과일을 깎아 무지개를 만든다

나는 당신 눈물에 번져 젖는다
무지개 눈물을 흘린다

41

손 하나 라이터 들고
부싯돌을 당겨 누르면

무지개 볼록 튀어나온다

붉은 불꽃 붉은 천사 함성 켜 들린다
주황 불꽃 한라봉 가득 열려 있고 먹으려고 하나 따려 들면
손이 댄다
노란 불꽃 노란 계절이 물들어 있고
초록 불꽃 푸른 계절이 물들어 있다
파란 불꽃 겨울 왕국 성문을 열고 노래가 나온다
남색 불꽃 배들이 해양을 누비고 있다
보라 불꽃 우주 심층 숨 쉬고 있다

라이터 켠다 무지개 볼록 튀어나왔다

42

활화산 이리저리 무지개가 분화해 하늘로 오른다

꽃도 튀어나오고 날치도 튀어나오고
고래도 튀어나온다

눈사람 목에 수건 두르고 활화산에서 목욕한다

활화산은 무지개를 두른다

펑펑 무지개가 피었습니다

44

파란 배경 하얀 구름 풀
무지개 나무 하나
무지개 열매 열려 놓고

투명한 사람 무지개 나무 가까이 다가서
하나 따다 한입 깨물면
무지개 속내 보이며 속으로 무지개 스민다

무지개 속내 보인다
무지개 속에서 휘감겨
잔신경 뿌리를 만든다

45

꽃이 뿌리 들고 걸음 걸어가니
꽃내음 풀풀 휘날리고요

햇살 윤택하게 민낯 바르고
발끝에 무지개 신고 걷지요

걸음 찰나마다 파노라마 엷게 생기고
향기에 흠뻑 취해 잠이 들지요

꿈결에 가던 바쁜 걸음 어디 가니 물으니
나에게 온다 하지요

깨보면 꿈결에 눈물 나고요
아무 일 없던 달콤한 행복이었군요

46

온통 칼들이 모인 곳

칼들에 입이 또 다른 칼에는 눈이
다른 칼에는 코가 다른 칼에는 귀가
다른 칼에는 팔이 다른 칼에는 다리가

칼이 칼을 잡아먹고 먹히고

무딘 칼 예리한 칼 칼 칼 칼

칼칼한 햇빛 소리 쨍 쨍 쨍

숨 쉬는 칼의 호흡 고요히 들려오고

숨죽인 칼들에 카레의 꿈을 부른다

47

거북이 타고 하늘을 날아
바람이 물총을 들고
이곳저곳 창문 만든다

창문이 열려 쏟아 내리는 물

비바람을 피해 가자
연체류여 바위 꼭 붙어
높은 바람을 견뎌라
갑각류여 바위틈으로 꼭꼭 숨어
높은 파도를 견뎌라

비바람 지나면 맑은 하늘이 기다린다
말끔히 거북이 등에 타고 하늘을 날자

48

맑은 하늘 아브로니아 구름처럼 붙어 기어 다닌다

심해에서 외출 나와 하늘을 유형하는
덤보 문어 스티기오메두사 티부로니아
울프 피시 바티노무스 붉평치

모여 하늘을 유형합니다

맑은 저 하늘은 심해의 바다

49

당신에 불평이 들려올 때마다

물방울 안에 있는 붉펭치가
둥둥 이리저리 떠다니는 상상을 합니다

당신에 입에서 물방울이 피어 나오고
그 물방울 속에 든 붉펭치가

하늘을 열기구처럼 둥둥 떠 바람에 날아갑니다

뾰족한 소나무 잎 어딘가 닿으면

당신에 불평은 톡 하고 터져 사라집니다
당신에 불평은 사라지고 붉펭치는 심해로 돌아갑니다

50

변기는 아무 말도 하지 않았다
시간 지나면 눈 쌓인 듯 먼지 쌓였고
누군가 똥 튀긴 흔적들 변기 스스로 닦지 않았다

부모님 계시지 않아서였을까
옆에 애인 없어서였을까

누군가 토하며 소화시키지 못한 속내 뱉고 가도
아무 말 없이 물 내리면 내려가는
자신에 일 소화했다

막막할 때가 있기는 했지만 말을 하지 않아서
들여다보면 꽉 막힌 속
나를 뚫어 뻥으로 뚫어 줘야 했다

내가 없어도 누군가 너 돌봐 주겠지?
나 보다 더 신경 써줄 누군가 있을 거야

주유소 화장실 변기에서 하는 휘발적인 생각 들었다

먼지 닦으며 물을 적시며 변기를 세안시킨다
시원한 트림 변기가 뱉는다
변기가 무지개를 튀긴다 펑펑

51

검은빛 우주 지나가고
보랏빛 우주 지나가고
남색 빛 우주 지나가고
파란빛 우주 지나가고
초록빛 우주 지나가고
노랑빛 우주 지나가고
주황색 빛 우주 지나가고
빨간색 빛 우주 지나가고
하얀색 빛 우주 지나가고
하늘 이마 찍힌 우주
우주 끝은 그대 눈 속에서 눈떴다

52

고래가 땅에 호미 들고 별을 캔다
별을 꺼낸 자리 무지개를 심는다
무지개 새싹 틔어났다

고래가 뒤돌아 물을 뿌리면
자라난 무지개

고래는 별을 입에 물고 무지개 타고 하늘로 올라갔다

53

커다란 검은 밥알 속 숟가락

무지개 밥알 소복한 한 수저

색색의 타원형의 밥알들 모였다

하얀 밥알 흰색 교향곡 1번 맛

빨간 밥알 시인도 맛

주황 밥알 표색계 맛

노랑 밥알 태양 맛

초록 밥알 평화 맛

파랑 밥알 하늘 맛

남색 밥알 봄맛

보라색 밥알 900개의 조개 맛

모인 밥알 환호성을 지른다

54

하늘에서 해바라기 씨앗 뿌린다

곳곳 해바라기 꽃 금세 뿅뿅 피고

커다란 해바라기 태양처럼 피어
햇빛에 타버린 얼굴들

딸기가 주는 물에 흠뻑 젖는다
시원한 웃음의 얼굴들 웃음과 미소가 가득 피었다

55

잔잔한 호수가 수면 위로 반영된 하얀 구름 문장

없음으로, 늘어나는 것은 참을성뿐이요
있음으로, 늘어나는 것은 분노뿐이다

모래시계로 스며 들어가 문장이 바뀐다

없음으로, 늘어나는 것은 분노뿐이요
있음으로, 늘어나는 것은 참을성뿐이다

문장은 바람에 흩어 저 호수 밑으로 하얀 구름 흐린다

56

파 파란 란 하늘 진한 먹구름을 파 놓는 두더지

두더지 콧물 빵 부스러기로 떨어지면

우주 열매가 열리고 열매 속엔 웜(worm)

우주에 길을 뚫어 뚝 떨어지고

두더지 하늘을 파놓은 흔적 남기며

우주 열매 가지고 하늘로 숨어 들어간다

57

커다란 거미가 햇빛에서 실을 뽑아
강물을 흘린다

거미의 경계선 어두운
배속 별똥별 하나 떨어진다
별똥별 먼바다 떨어지면
커다란 조개 입 벌려 별똥별 덥석 받아 입 벌려
별똥별이 빛나 돋는다

58

푸른 잔디 요정이 쏘아 올린 공

맑은 하늘 하얀 구름 창문 하나 반쯤 열리고

하나의 손이 덥석 나와 공 하나 덥석 받는다

하늘로 쏘아 올린 공 사라진 난쟁이 하늘만 본다

창가에서 툭 던진 작은 꽃사과 하나

점점 커져 집채만 해져 깔렸다

59

나무 한 그루 새알 깨고 나와
새알을 맺는다

위 나뭇가지 새알에선 새가 부화돼 날아가고
중간 나뭇가지 동물들 하나하나 통통 튀어 나가고
아래 나뭇가지 새알 깨지면 꽃과 식물들 달려 나간다

새들 날아가 나무를 낳고
꽃들 달려 나가 새알을 낳고
동물들 통통 튀어 나가 별들을 낳는다

나무에는 빛나는 별이 맺혔다

60

빈 소라 껍데기 파란 하늘 하얀 구름 올리고
물속 입 벌린 조개
웅크린 작은 빛 덩이 하나
알락꼬리마도요 집어 올린다
환하게 퍼지는 빛의 거인 일어서
뒤돌아 걸어간다
흐릿한 뒷모습 뒷머리 환한 빛이 떠오른다
알락꼬리마도요 작아져 빈 소라 껍데기로 들어간다

61

파란 하늘 뜨겁게 이글거리는 햇살 강한 사막
개미 병들고 나발 붑니다 배에서 물 흘러 고이고
뿌리 있는 꽃들 하늘에서 모여 꽃잎 뿌렸다
비가 되어 사막이 젖는다
떨어지는 빗물에서 물고기 튀어나와
오아시스로 풍덩 풍풍 뛰어든다
고래가 수면 위 등 올리고 물 내뿜는다
사막 고래가 산다

62

해변가 벼랑 팔목 심어 저 있고 나는 팔나무라 부른다

손가락 끝에서 뻗은 팔목 손목 손가락 손톱 순서로 뻗었다

사방팔방 팔목은 뻗어 손목 손 손가락 손톱

눈 하나 동떨어져 있는 눈동자 중앙 가는 팔목

손톱 끝 맺힌 눈동자 한 방울 떨어지면 가는 팔목 쑥 거목 된다

63

고동을 하늘에 떠 있는 무지개 가져다 대면
바람과 함께 고동에 무지개 빨려 들어간다

고동이 무지개 실 뽑고 게 가재가 재단하고
개미 무지개 원단 가지고 거미에게 간다

거미는 무지개로 근사한 옷 만들어
길게 줄 서 있는 꽃과 곤충과 동물들에게 나누어 준다

곤충 무지개 옷 입었다

64

이곳저곳 무지개

둥글게 모여 사람 만든다

밝은 무지개 단발머리

무지개 길게 뻗어 망토 되어 걸치고

밝은 무지갯빛 피부 드러내며

말끔한 무지개 옷 되어 입혔다

무지개 오라 두르며 모이던 무지개

발끝 무지개 신발 만들며

땅으로 무지개 퍼져 스며들었다

무지개 인간 숨 내쉬자

발밑으로 뻗어 올라간 무지개

사방으로 발산되었다

그가 한걸음 내디뎠다

65

파란 허공 양쪽 끝 두 창문 있다 창가에 손 하나
태양을 던진다 주거니 받거니 두 창문 왔다 갔다 하다
태양 떨어지는 밑으로 검은 밤이 오면
두 창문 사이 달 주거니 받거니 한다

달 떨어져 없는 검은 밤

별 주거니 받거니 한다
그러다 떨어지는 별 하나 별똥별

66

분홍색 하늘 여러 창문

날개 없이 중력 없이 떠다니고

닫쳐있는 창문 사이 일부 열렸다

열린 창문으로

팔 나오고 종이비행기 날린다

그대의 소중한 얼굴 나왔다 구름을 뱉고

어떤 창문은 다리가 나왔다 발가락 꼼지락거렸다

그중 한 창문 무지개가 말려 나왔다

말려 나온 무지개가 열린 창문으로 툭 나오고 둥둥 떠가며

분홍빛 하늘에 무지개를 풀었다

어둡게 열린 창문으로 쏙

무지개가 스며 들어갔다

무지개가 켜졌다

67

무지개로 둘러 처진 사발

담긴 무지개 면발

국물도 무지개

후루룩후루룩

무지개를 먹어요

허기진 속 무지개 불러오면

배부른 배를 내밀고

무지개 트림하지요

좀 뛰며 소화된 속내 화장실 달려가요

힘을 주면 무지개가 곡선을 그리며 떨어져요

하늘은 똥 온통 퍼져 있어요

68

무지개로 둘러 쳐있는 사발
담긴 무지개 면발
국물도 무지개
후루룩후루룩
무지개를 먹어요
허기진 속 무지개 불러오면
배부른 배를 내밀고
무지개 트림하지요
좀 뛰며 소화된 속내 화장실 달려가요
힘을 주면 무지개가 곡선을 그리며 떨어져요
하늘은 똥색 온통 퍼져 있어요

69

무지개를 돌돌 말아 앞발로 걸어가는 쇠똥구리

바다에 퐁당 퐁당 무지개 덩어리 띄워 보내면
무지개 향기 모이는 고래

파란 바다 어딘가 무지개 풀려 이어진 하늘
무지개 문 열고 햇살이 걸어 내려와

잔잔한 바다 향해 햇살 손 내민다
바다 위로 싹터 오르며 잎 내민다

바다 붉은 꽃 피었다

도시 중심가 도로

커다란 달팽이 한 마리 타고 가는 깔끔한 정장 입은 사내

달팽이 옆구리 회사 가방 놓고

달팽이 더듬이 거울 보며

달팽이 껍데기 뒤척이며 흩어진 머리 휘파람 불며 단장한다

달팽이 등 뒤 이런 문구가 적혀 있다

초보운전

71

신발 한 짝 속 캄캄한 어두운 밤 흘러
별 달 나온다
흘러나오는 사이사이
입술과 눈과 코와 귀가
둥둥 떠 있고
빛을 휘어 이어 놓은 신발 끈
태양처럼 빛난다
발아래 파란 하늘 깔은 책장
신발의 또 다른 한쪽
눈 되어 다른 한 짝 보고 있다

책을 펼쳐 놓으면

아스파라거스 자라나고 아보카도 툭 튀어 열리고, 그 사이 딱정벌레 한

마리 아스파라거스 머리이고 지나간다 망고가 열린 열대우림 물줄기 책

갈피 따라 흐르고 책을 넘어 책상으로 책상에서 폭포로 물줄기 떨어진다

책상 밑 바다가 되어 날치들이 무리 지어

바다 수면 위 차오르며 띄워 물수제비 놓는다

73

비 오는 도시 서점 앞 가방에서 책 꺼내 펼치고

갈고리 하나 갈피에 끼워 손잡이 만들고

올려 우산처럼 쓰고 걷는다

같은 옆 가방에서 책 하나 꺼내다

날아가는 책 한 권

서점에서 책 사 나오는 아이가 책잡으려

갈고리 들고 내리는 비로 뛰어간다

비 오는 날이면 서점 문으로 책 낱장 펄럭이며

책 날아갔다

모래사장 반 즈음 묻힌 마네킹
안면 틈 사이로 피어나온
일곱 색깔 꽃잎
모래에 묻힌 마네킹
귀를 지나 뻗어 내린 꽃의 뿌리
뿌리와 닿으려 뻗은 새우 더듬이
마네킹 머리만 한 새우

75

오팔을 달걀처럼 쪼개

우주가 흘러나온다

그 우주가 빛나는 오팔 가루

쏟아져 눈처럼 내리고

에메랄드 쪼개지며 바닷물 흘러나오고

사파이어 쪼개지며 파란 하늘 흘러나온다

토파즈 쪼개지며 태양 톡 까놓고

푸른 하늘과 바다가 나뉘는 지평선

바닷물 위 코끼리

코와 꼬리 잡고 줄 서 지평선을 걷는다

마늘 바게트 사막 하늘

제습제 하얀 구름

손 쑥 집어넣어

사과를 딴다

정장 입은 긴 머리 들어내며

받쳐 든 은하수 신사 모자

구름에서 딴 사과

하트 스페이스 클로버 다이아몬드

모자에 담겼다

사막에 진주가 댕그르르 굴러간다

77

다트 핀 촘촘히 거꾸로 박힌 언덕

바람에 휘어 있는 다트 핀

밤하늘 달은 과녁

검은 콧수염 있는 정장 모자 쓴 사람

다트 핀 빼내 던지고

다트 핀 날아가다 돌고래 되어

유리 바다로 뛰어들었다

유리 바다 밑

심장이 뜨겁게 빛내며 있다

78

낭떠러지에

개구리 밤하늘 보고 앉아

혀 내밀어 보름달 감는다

다시마 되어 있는 미끌미끌한 다리 위

조개 보름달 바라보며 입 열었다

반딧불이

달 하나씩 조개의 입으로 살포시 닿아 간다

달 받아든 조개

다리 밑 황무지 날아 닿은 돌 틈 달 숨어 품는다

79

밤하늘 환한 빛 만들며

떨어지는 조개

돌그릇에 담긴 바다

비탈지게 쭈그려 일부 들고 있는

하얀 수염 거인 등 쪽 스친다

흘러내리는 바다

발 담긴 거인 발목

흰 수염 입가 자란 고래

커다란 조개 하나 이마 위 올려 보인다

80

닭 태양 향해 날아간다

닭 겉털 조개나물 잎 사이 꽃처럼

소라 다닥다닥 달려 있다

소라 속에서

게들 옆으로 걸어 나와

소라를 하나씩 톡톡 잘라 들고

바다로 풍덩 퐁당 떨어진다

떨어진 게 수면을 걸어 해변에 간다

닭 머리 조개나물 꽃 피었다

81

바닷속 환한 문 열리고
옅은 바다 비둘기 난다

비둘기 날개 초록 월계수잎
비둘기 날개 플라타너스
비둘기 날개 깻잎
비둘기 날개 스트로빌라 테스
비둘기 날개 페퍼민트
비둘기 날개 다시마

날개 잎 날리며

82

모래알 상상한다
바람 모양
파도 걸음
바다 비행을
옆 있는 무리로 잊은 상상
모래알 빛낸다

모래알 상상하면
눈부시도록 반짝반짝거린다

83

핸드크림 뚜껑 열고

하얀 문어 나왔다

조개 열어 거울 보며

문어 얼굴 오일 바르려다

검게 칠해진 문어 얼굴

검은 구두약 잘못 바른 듯 헹구고

핸드크림 안으로 쏙 들어가 뚜껑 닫는다

84

철새는 구름을 관통하지 않는다
구름의 미지의 밑으로 확실하고 선명한
고도 맞추며 지나간다

새들은 견디지 못할 바람을 관통하지 않는다
바람을 타고 휘어가는 코스의 변화
하늘에서 바라보는 지평을 기준 삼아
가야 할 곳으로 간다

철새는 바람의 강도를 알고 있다
바람이 조금이라도 딱딱하기만 하면
바람을 피해 잠시 경유를 택한다

그들에게 선택이란 갈 수 있는 것과 갈 수 없는 것뿐
가야 한다면 무리의 전부 발 떠 날았다

투베로사 흔들거리는 하늘 철든 새들 날아와

투베로사 향기가 가득히 번져 날아왔다

화려한 추억이 핀다

85

까만 빛깔 빼며
귀들 하늘 날아다닌다

회색 바람 귀 붉은 부리 귀 검은 바람 귀 물 귀
집 귀 큰 부리 귀 바람 귀 잣 귀

하늘 많은 귀 떠 있고 낙하산 펼친 듯
입을 달고 내려오고 있다

빼둔 까만 이어 붙이면 까만 코 까만 눈 까만 입 까만 볼
까만 이마 까만 눈썹 까만 눈꺼풀
까만 눈동자 아스팔트 얼굴을 가진다

86

산꼭대기 빙하가 떠 있고
뚝뚝 흐르는 물기
이끼가 뱉어내는 입김
민둥산 덮는다

산꼭대기 하얀 사슴 한 마리 고개 올려
뚝뚝 흐르는 물기 핥는다
뒤따른 하얀 기린 다리 쭉 뻗어 녹아 바다로 스민다

87

하늘 위 바다
긴 코 바닷물 뱉어 올리고
화창한 도시에 하늘 바다 된다

바다에서 뛰어 내려와
건물들 사이로
바다표범 바다코끼리 바다사자
물개 하늘 날아다니고

빌딩 유리에 붙어
지느러미 꼬리 흔든다

생각하는 거인의 백골

숨의 끝에서 겨울이 나왔다
추위가 내려앉고 발은 시려 왔다
그런 끝 끝내라는 말로 냄새를 쿵쿵대며
누군가 긴장된 고요가 가득했다

좌절의 곱빼기는 무게 추를 늘려 댔고
가는 혀끝만 쭉정이가 되어 있었다

아무것도 그려지지 않는 도화지 옆에 거울을 놓고
무게의 몰골만이 주름 칠했다
뭐가 이따위냐 뭐가 감각 따위고 감정 따위냐 하며
마음에 쌓인 말 따위에 칼질들을 도화지에 마구 그어 댔다

찢고 부시고 그 파편에 통증들이 출혈을 붉게 내고
소리를 곁들여 감정의 폭발에 맛 냈다

죽기 직전 시린 겨울을 뱉는 폭발

호흡을 찢으며 봄이 피어났다 그 봄날 단말마가 도시를 달렸다

89

별들이 떨어지는 호수가
물, 불 바람 흙 스며든다
빛 파동 번지며

허공에 떠오른 물에 장막을 깨고
아이가 웅크림을 편다

호수 근처에 피어 놓은 모닥불
불꽃이 떠오르며 장막을 꽃피우며
아이가 웅크림을 편다

바람이 이곳저곳에 모여들어
바람에 장막을 허물고
아이가 웅크림을 편다

땅에서 솟아 흙이 씻기며
아이가 웅크림을 편다

90

아픔도 내 상상
마음을 열어 내어 주고 마음이 텅 비어

웅고의 길목은 딱딱 순환을 막아 놓은 혈전
막혀 있는 도로처럼 갑갑하다 삼 방 막힌

막다른 골목에도 나갈 곳은
여러 가지의 방법이 있다 어떤 능력이 있느냐에 따라
벽을 뛰어넘든가 하늘을 날아가거나
왔던 그대로 돌아가거나 땅을 파든가 하는

어디가 아프다고 할 수 없는 마음에 병
아프면 만병이고 아프지 않으면 만약

만약 마음을 채울 수 있다면
머리를 옆에 두고 마음을 채우고 싶다

막힌 것은 잠시 쉬었다 가라는 대목

쉼, 그것은 또 다른 채움이자 순환이다

하고 자라투스트라는 이렇게 말하지 않았다

91

들숨 크게 들이쉰다
이 순간 나도 너도 아니다
우리도 아닌
바람 그 차제가 되어
뒹굴뒹굴거린다

건물의 꼭 대기서 내려 보는 바람
금색 결 들이며 금가루 뿌리며
굴러 관통해 간다

나뭇가지에 입들이 앉아
댕글댕글거리고

눈 덮인 향기보다
한기의 향기에 타들은 속내에 싶은 시름
편안함과 바꾼다

다시 다시 다시

들숨 한기 날숨으로 미선나무 꽃피운다

92

달밤 커다란 바위에 달빛 뜨고
달은 바위에게 다가와 속삭인다

단단한 바위여 너 마음 문을 열어
그 안 감춰둔 세상의 빛 열어다오

달 입김에서 달빛 바람 불어오고
빛나는 금빛 점하나 바위에 박혀 수직 위아래 줄 그어진다

부딪혀 날아간 달빛 바람의 파편
파란 바다 빛 나비 되어 날아와
바위에 그어진 달빛 틈 모여
바위의 겹을 벗기며 펼치자
환한 빛이 뿜어져 나왔다

93

돌려 당신에 눈으로

서로의 오랜 침묵을
찢어 나누었지

너의 눈물은 코끼리처럼 튀어나와
나를 밟고 지나가

너에 눈빛에는 서로의 온기에 젖은
시간이 관통해

빗발치는 기억에 축적들이 흩어져 날려

잡을 수 없게

다시 돌려 거꾸로

서로의 오랜 침묵

붙어두었지

눈물은 촉촉한 안구에 흐르지 않아

시간을 돌려 넣어

너의 눈동자엔 정글이 숨 쉬고

너의 볼엔 사랑이 물든 붉은 노을 붙어

오늘

밤 사랑하자

또 사랑하자

돌아서면 다시 보고 싶었던 그리움은 일찍 접고

물어 오는 수만은 질문들에 걱정은 빼고

내일로 다시 돌아가자

우리가 함께 들어 있던

따뜻한 온기에 눈동자로

94

흙만 가득 담긴 화분 롤리팝 심어요
물 주면 롤리팝 자라나요
당신에 달콤한 말만 듣고 자라요

칭찬은 롤리팝도 춤추게 한다
자라난 롤리팝에 롤리팝이 자라나요
당신에 사랑한다는 말만 듣고 자라요

롤리팝에 다가가 매일 사랑을 속삭여요

쑥쑥 자라난 롤리팝
따다가 제과점에 걸어 놓아요

제과점에 들어온 아이가
엄마에게 손가락으로 롤리팝 가리켜요
엄마는 아이 손에 롤리팝 줘요

받아든 아이는 사랑을 집고
사랑을 날름날름 핥아 봅니다
사랑을 맛보고 사랑을 삼키고
사랑을 풍겨요

롤리팝은 사랑으로 재배됩니다
롤리팝 심어보세요 사랑이 자라납니다

95

너에 혀끝 노란 장미 봉우리
내 입속 들어와 화사하게 피었네
숨쉬기조차 힘들게 휘저어 당기며 밀며
달콤하고도 쓴 꽃잎 맛 비리게 하네

오 너의 순정
젠장 나의 순정

비린 노란 장미 입안 한가득
숨쉬기조차 힘들도록 피었는데

내 입속 노란 꽃잎 떨어져 녹아 사라지면
혀끝 씨앗 감돌아 돌돌거리고

쓱쓸히 너 입술 바라본다
스치기만 해도 볼록거린 노란 장미

아 나는 그립구나 너의 찰나를
아 나는 외롭구나 너의 순간이

영원할 것 같던 그림을 깨쳐
기억으로 살아가는구나
오 그 입 아니 그 술 아니 그 사랑

96
책 나무

책을 심으면 글자가 싹튼다
문장이 길게 자라고
점점 두텁게 자랐다

화려함이 피어나고
수려함이 피어오르고
장려함과 우수함
피어나고 빼어남이 피어났다

한 권 책 열매 따스하게 맺히면
하나하나 따다가
진열한다

너의 관점
당신은 이리저리 빛깔 본다
훑으며 향기 맡고 한입 깨물어 본다
책 즙 사방에 튄다

맛만 보고 안 산다 돌아서는 그 발걸음

아쉬운 내 주머니

책이 풍년인 계절

당신 배부르듯 머리 부른다

97

너 눈동자에 웅크린
하늘을 태워 재 담은 동전
바다를 찢어 담은 지폐

비틀은 호흡의 무의식
스냅 핑거 한 번이면
딱 한 번이면

작아진 존재들이
거인이 되는

너 눈동자에 웅크린
기지개 펴 오르는 담쟁이
하늘을 지고 내려와
팬지에게 준다

눈물이여 잠을 청하는구나

외로움이여 눈물 글썽이는구나

눈동자에 웅크린
눈동자에 웅크린

아무도 듣지 못하는
떨림에 진동
기지개 펴 오르는 담쟁이

처음부터 있던 것은 없었다
저게 뭐야?
질문이 너의 눈물을 닦는다
들어 본 적 없는 말을 붙인다

안녕 내가 널 만들었어

너의 슬픔이 잠 청하는구나!
너의 괴로움이 작아지는구나!
기억에서 멀리

기지개 펴 오르는 담쟁이

팬지야 하늘을 가져왔어 들춰 봐

맨 밑에 금빛 하늘이 있어

98

그 노래에 답곡 못 할 편지를 쓴다

- 영감: 데미 로바토 나이팅 게일

난 널 걱정하지 않을 거야

넌 나보다 잘났고 가진 것도 나보다 더 많을 테니까

세상은 가진 것과 상관없이 균등한 사람 대 사람이라고 하지

넌 나보다 더 많은 것을 지녔어

그건 사실이야

이쁘고 잘생기고 멋이고 아름답지

그 가치를 알듯이

누가 내 가치에 대해 물어 온다면 나의 목소리는

가치가 없지 너희는 들을 수 없으니까

피해의식이나 피해망상은 아니라고

너흰 들으려고도 하지 않았으니까

난 오늘도 너 손끝에 의지해 움직이는

너희는 팬지가 되어 본 적이 없어

서로의 경쟁 속에 메아리쳐도 들리지 않는
하늘로부터 키를 재도 울림이 없는

더 가지려 할 뿐이잖아
올려다보는 막막한 것이 하늘을 가려

나는 바닥과 친하고 너희는 너무 높아
내 목소리가 닿지 못하잖아

너희는 지옥에나 가서 희망이 없다고 해

그런데 말아야 그런데 넌 넌
찾아볼 수라도 있잖아
그러면서 아우성이지

정말 넌 너의 외침밖에 모르고
누군가의 절규는 듣고 있지 않잖아

화가나 분노해 바닥에서
희망은 분노야

난 널 걱정하지 않을 거야

내 희망은 절규야 내 희망은 분노야
내 희망은 마음껏 울 눈물이야

왜 왜 왜 내 감정인데도 내 마음대로 할 수 없는 건데

언제까지 눈치만 봐야 하니

오늘날 실낱같은

99

파란 알약 하나 먹었을 때 말이야

어딘가 솟아오르는 상상을 했어

산이 불쑥 솟아오르고

하늘에서 적셔 내려오는 먹먹 구름

어떤 색들은 강하고 진하게 가슴 두드리지 특히 파란 하늘은 그랬어 한
알로 하늘을 압축시켜 먹는다면 녹아 부풀어 오르는 구름이 되겠지 그
럼 촉촉해질까 진실인 듯 바른 입술처럼

곧 문 닫을 것 같은 여관에서 내쫓을 듯이 문을 두드리는 소리가 심장에
서 두드려

호흡은 가파른 산을 달리고 있고 달려 보지 못한 자의 다리에서

빈혈이 펑펑펑 말을 타야겠어 달리는 건 말이 잘하니까 펑 펑펑 파란 알
약 하나 먹었을 때 말이야,

산이 솟아오르는 상상했어

내 안에 구름이 가득했지 딱딱해 저 어딘가 순환을 막아 놓고 있고 쭉쭉
뻗어 가던

가파르던 혈류에 응고점은 막막 구름 하게 하지 이봐 나는 아직 생생하
다고 알약 따윈 필요 없어 손끝을 펴 그리고 쥐를 잡아 흔들어 손가락

하나면 그 모든 것은 알집에 보관돼 쉿 너의 알집이 풀어지면 무엇이 쏟아져 나올까? 하얀 구름? 굵은 산이 불쑥 저 파란 알약이 나를 먹었지 나는 그의 배 속에서 소화 중이라고

나는 너의 구름이 되었어 너의 속에서 날아
다니지

100

물처럼 베토벤에 에로이카를 마시고
콜라처럼 툴의 세븐임 페스트를 마시고 있어
둘에 상관관계는 마시고 있다는 것이지만
재들이 나를 마시고 있는지도 몰라

굵직한 산에서 따라주는 에로니 카 한 잔
멜론이 부어주는 임 페스트 컵에 따라진 15분 이하
이상

민숭한 일상에 오는 허한 일상에서 허구한 것과 읽어 내려지는 피로회
복 구간을 불그락푸르락 거리고 있지

아! 이거 아닌 것 같다 하며 지워 버리는 것이 아닌 것 같다가 맞는 것일
수도 있다는 생각을 들게 해 시험지에 처음 적었던 것이 답이었던 것처
럼 고쳐 쓰려 할수록 답과 멀어지는 것처럼

그럼 어떡해

이미 지워진 것들은 복잡하게 뛰어 달아났고 나는 그냥 빈둥빈둥거리지
물은 그런 거야 지워진 것에 분노해 봤자 나만 더 열받지 그냥 흘러갈
뿐이지 다만
누가 와서 마실지는 몰라 그러니 순도를 유지하지

에로이카와 세븐일 패스트를 한 잔에 담았어 어때? 마셔 볼래
미리 귀띔하지만 상상이 튀는 맛이라고 할까 너에 상상이 튀기기 시작
됐어 상상을 맛보려 모여들고 있어 불타나게

101
무음 알람

환하게 빛 들어왔다

나는 나를 잊어 두고
너는 너를 잊어 두고

그 무리로 피어 울부짖는다
하나가 없고
그 둘이 없고

무색 무향 무음으로 작아지고 벗기고 쪼개
원소로 발라지는 세포의 포태 깨운다

넌 머리를 던지고
나는 몸으로 치고

우리에 맺음이 눌러질 때쯤
무음으로 켜지는 알람에 눈 비비다

허울 끝없이 작아진 원소의 날들
내가 나를 조종하고 더 작아진 내가 나를 움직이게 하는
울 거 먹는 읍 소리 없이 환하게
하나가 없이
그 둘이 없고

무색 무향 무음에서 드러난 발화
눈뜬 너는 거기 있었다
나는 나의 생명 너는 너의 생명
시공간의 공존

24시간 포갠 24시간 조심하는 시간은 시간의 템포 늦춘다
세모난 시간이 눈을 밝게 떠 운다 시간이 울었다 시간이 웃었다

102
가을

한 잔 탐애한 칵테일
뒤섞이는 위트에 메아리
진하게 브라운하게 모던이 앉아
눈만 마주 보고 있어도 취기가 돌아
큐피드가 나올 것 같아
큐피드 화살을 빌려

저 밤하늘 활을 쏘러 가자

별 맞힌 눈빛 위로 포근한 별 가루 날리고
맺어짐이란 짧은 허공의 비상
추억이란 멈춘 기억에 늘어짐
쌓인 외로움에 첼로 연주
트럼펫은 위로에 모던한 행진

기억을 더듬는 가을밤
허공엔 별 가루 나리고

이어짐이란 열두 시 깨어 찾을 수 없는 환상

가을 분위기에 젖은 짧은 위트

103-1

가구를 달걀 속에 드려놨어
그리고 문을 닫았지
황금빛이 돌면서 얼마나 빛이 나던지
글쎄 내 친한 친구가 와서
이야! 황금 계란이 네라고 하니까
오리 한 마리가 문을 열고 나와
이건 오리알이에요라고 하는 거야
기가 막혀서 원
그래서 내가 말했어 그게 무슨 말이에요
달걀 가지고 오리알이라고 우기는 건
너무한 거 아니에요

오리왈 내가 이 집에 살어 이 사람아 집주인이
오리알이면 오리알인 줄 알아야지
문을 쾅하고 닫고 다시 들어갔지

달걀 속에 배달 간

103

비상금이 없다
날아갈 곳, 없음으로 가을의 풍경으로 날아 들어갈
금(골드) 없는 금요일 없는 날
없는 가을 풍만한 여유가 없다
여유가 있어야만 비상하는 것은 아니다

스모키 애쉬 색채
스타일에 스케일 없는 밤하늘 여유
세련미에는 스케일이 없다

주머니 털면 나비가 나풀 뛰어 날아오르는 비상은 없다
비상에는 스케일이 없다
번데기에 애벌레도 없는 털면 먼지 털어
날아 비상이 사라진다

행복은 큰 것이 아니라는데

없음을 있음으로 반전해 본다 비상 상비

희망처럼 상비가 있다 가미하면 상비금 있다 비상하는 것에 상비가 있

다 상비된 것으로 금을 쥐고 비상한다 비상금이 생겼다

비상금이 있다

104

대추나무 잎이 다 떨어지면
가을은 갔다

고옥 한 알 할은 한 알
단애 한 알

맺었던 씨를 품고
엮였던 감싸임을 놓고

툭 하고 가을은 갔다

대추나무 잎이 다 떨어지면
겨울이 왔다

사이사이 허함 메꿨던
대추나무 잎 다 떨어지면
날렵한 빈 가지 흔들흔들

뿌리여 너는 참 따뜻하겠구나
작은 영향의 것 품고

땅 위로 외로워 보였으나
땅 밑으로 겨울을 잊고 따뜻하겠구나

대추나무 잎 다 떨어지면
잊힌 온기가 따뜻해 있다

105
뜻대로 되지 않는 비관된 삶의 자세

나는 얼마나 너의 취향 저격과 성격 맞춤을 해야 하는가?

솔직히 용기가 없어서 욕을 못했다 스무 살 한참 욕을 하며

욕의 노래도 불렀지만 몇 년 뒤 내 행동이 부끄러워 내 안에서의 욕을 지웠다

나에게 없는 것은 타인을 향한 미움이었다 나의 죄를 곱씹어 보며 산다는 것 자체가 죄일 수도 있다는 생각이 들었다

혐오스런 마츠코의 일생의 자막 태어나서 미안합니다

나를 슬픔으로 몰고 가고 나를 외로움으로 몰고 간 건 다름 아닌 나라는 것을 잘 알았기에

욕은 스며들어 갔다 나의 삶에 일부는 참아야만 했고 부당이라는 것은 잊으며 버리며 하루를 살았다 문밖을 나서기 전 간도 쓸개도 집 안에 두고 나가야 한다고 했다

내 말을 안 들어 주는 것이 화가 났다

나는 무엇을 하고 싶어도 참아야 하고 사고 싶어도 참아야 하며 지적질

도 간섭도 하지 말아야 했다 그런 장작들이 쌓여 가고
나는 스스로에 오물 퍼 거름이 되지 못했다 화조차도

나도 소망했고 나도 노력이 있었는데
아 씨팔 좆같네 하는 생각이 든다 그냥 한 번만 주세요 뭘 줘? 하면
말을 이어갈 용기가 기어 들어갔다 또 붙일 수 없는 보일 수 없는 엉뚱
한 결과 처음으로 올라가 약간 수정해 본다

뜻대로 되는 비관된 삶의 자세

105-2

누군가 미워하는 마음 없으면
줏대 없는 사람
누군가 싫어하는 마음 안 생기면
줏대 없는 사람

누군가 좋아하는 마음 생기면
줏대 없는 사람
누군가 사랑하는 마음 가지면
줏대 없는 사람

이리 갈팡 저리 질팡 갈팡질팡

나는 너 미워해야 하고
나는 너를 싫어해야 하고

아 나는 나쁜 사람
나는 줏대 있는 사람

106
종자

땅속에서 트여 오르지 못한 씨앗
밑천 두둑이 생겨 보지 못한 씨앗
성장에 양분을 흙에게 내어주는 씨앗

빛은 따뜻이 말합니다
무엇이 그리 두렵더냐
무엇이 그리 두텁더냐

깨져지고 부서져 흙이 되어
마르고 증발되며 수증기 되어 흩어진
갈증

갈증 없는 족속
오만과 자만 나태한 비관에
묻힌 씨앗

아 나는 아무것도 아닌

나는 그 무엇도 아닌 세상의 작은 알갱이
빛에 대답한다 나도 작은 알갱이란다
꿈도 없는 희망도 없는 막연함의 굳은 알갱이

아직 늦지 않았다는 위로는 하지 마세요

나는 웅크려 있습니다
나는 웅크려 삽니다 빛없는 삶에서

그저 마음의 겨울이 녹아
봄 되어 웅크림 펴질 때까지

107

간절함을 알 수 없는
갈증에 비는 내리고

한 방울의 눈물은 더 이상 간절함이 아니며
펑펑 울어야 눈물이며
제발이라는 단어가 없으면 간곡이 아니다

나가 나를 모르는데
나는 너를 알겠느냐

ㅅ 자를 붙이게 되는
탓 탓 탓

107-1
우주의 온도

대가 없는 교환은 없다고 했다

저 안정된 우주의 온도 영하 270℃=3k

스트라이크 3개 3k

냉혹히 차가운 까만 영하의 냉기

새벽을 지나 대가 없이 있는 태양이 빛난다

지구는 돌고 있다 너를 태우고 나도 있다

검은 우주는 무료 봉사 태양의 뜨거움 누른다

왜 공짜로 해줘요? 오지랖이네

네가 뭔데 참견이야

네가 뭔데 간섭이야

먼 온도의 관계없이 보는 베텔기우스 자리

투수가 팔을 뻗어 던지며 멈춘 오랜 기억에 누적 별자리 오리온

고정됨은 만만에 콩떡 공놀이나 할까

나는 읽는 당신에게 공을 던진다 당신은 공을 받는다

먼 기억에서 말 못 할 서러움

돌아서는 그대의 모습에서 간섭과 참견은 잊고

검은 우주 옷을 입고 심판이 외친다 스트라이크 아웃

승리의 피날레가 흘러나온다 피로 누적된 기억이 노래가 되어 우주의
온도가 흐뭇하다

108

장작 백단 놓아 따뜻한 계절
연탄 삼백 장 들여놓아 따뜻한 계절
김치 한가득 있어 따뜻한 계절
쌀 독 한가득 있어 따뜻한 계절
찜질방 추운 겨울 매일 들어 있어 따뜻한 계절
차에 만당 연료 가득 있어 따뜻한 계절

들녘의 켠 편마다 장작 펴 오르던 향기
연탄이 들어가 불붙어 타오르던 향기
배추의 잎사귀 양념 버무린 매콤한 김치 향기
쌀 독 한가득 채워진 쌀들에 향기
뜨끈뜨끈한 찜질하는 열기에 향기
차 연료통 한가득 들어찬 연료의 향기

그 이하 배고프고 등 차가운 계절
그 이상 배부르고 등 따뜻한 계절

냉기 한가득 한기 서린 겨울 따뜻한 계절의 향기가 났다

난간에 기대어 있었다
속이 미식미식거렸다
순환되지 못한 차가움 발바닥 모여 시렸다
양말을 신어도 따뜻하지 않았다
누군가 나를 달려들어 확 밀어 버릴 것 같은 마음

한 번 떨어져 봤었다 나무에서

두 번 다시 나무에 오르지도 못했다 그 나무 이름도 알지 못했던
공포를 견디고 다시 난간에 기댔다

대통령과 악수하는 꿈을 꾸고 비행기를 함께 탔던 꿈으로 기대에 부풀
어 로또를 샀다 기대는 한 것 부풀었다 낙점될 것을 상상하지 않았다
최소 오천 원은 되겠지
추첨일 지나고 내 기대는 떨어졌다
목련의 낙엽이 떨어지는 것만큼의 기대했었다 비록 다 떨어져 겨울이
와도

언제가 그 언젠가 나에게도 맺혀지는 좋은 날 부르겠지

나는 다시 또 기대를 한다 새 해돋이를 그리며

기댄 난간이 튼튼히 받쳐주듯이 대통령과 악수를 한다 새해

110

기억에 조각이 모인다

스쳐 지나간 것이 기억한다

조금 조금의 모자이크처럼 붙고

기억에 큐브 조각 무게 더하고

뼈대에 살과 피부 덮는다

침침하고도 퇴색해진

중심의 것이 얼굴 휘감고

호기심이라는 조각이 빛으로 모여

안구에 스며들어 반짝인다

몇 번의 나였던가

어느 이어짐이 있었던 건지

스침의 이유를 찾을 수 없는 이어짐

무엇인가 빠진 기억

그것 찾기 위해 반복적으로 나를 읽는다

나는 이어 갔다 다시 나로 태어나는 것

또 다른 환경 또 다른 시간

또 다른 공간 또 다른 기억 융합에 태어나는 것

스쳐 지나간 것들이 나를 기억할 것이다
기억에 일부에 압축을 풀며 바람이 불어왔다
스쳐 지나간 기억에 바람 되어

111

분노의 전의
육체의 껍데기에서 방출된 에너지
심층의 바닥에 깔린 식물에게 씌워져
심층의 꽃과 심층의 물과 심층의 흙과
심층의 장식과 심층의 불과 심층의 나무

변의를 일으킨다
이곳은 지상 심층의 탑 1층
분노가 집어삼켜 들인 세계

빛 물결 불어오면 꽃과 물 불과 돌이 형상을 지닌다 만근에 지식을 소환
하고 내리쳐 핀 만근의 불꽃
오 나의 판타지 업적의 목걸이가 반짝인다

무지개 비가 내리고 붉은 포도주의
맛이 갈증을 적셔 용기를 품고 입가에 묻어 떨어진 용기의 빛 방울 동그
란 무지개 되어 지식에 망치가 되어 솟는다 망치를 들고 쿵쿵 속박에 관

을 부서 너를 깨운다

오 나의 판타지 세상 어딘가 빛에 모여든 또 하나의 네가 있다
널 찾아 우리의 모험이 시작된다

매서운 겨울날
영하 4도 정도면 그런 날이죠
오토바이를 타고 강변을 거닌 다면
난 더 시려울 거예요 마음이
혼자라면 더 그렇겠죠

죽기를 두려워하는 영혼은
사는 걸 배울 수 없데요
오토바이를 타는 것처럼

나는 당신이라는 노래에 들어가
춤추고 나비처럼 들판 위를 날아요

사랑은 가벼운 것이라고 말했죠
사랑은 완벽한 것이 아니라고요

죽은 이의 묘비명에 쓰여 있듯이

전혀 슬프지 않아요 전혀 적막하지 않아요

그들은 사랑을 남겼고 나는 그 사랑으로 호흡하고
사랑으로 피어나요 매일

나는 사랑으로 피어나요
나는 사랑으로 떠올라요

당신의 영원한 끝없는 사랑으로부터

113

한 걸음의 거리 행복
두 걸음의 거리 불안
세 걸음의 거리 다급함
네 걸음의 거리 자유

걸음이 자유에 다다를 때마다
나는 너와 한 걸음의 거리로 뛰어간다

자유를 지나 다급함을 지나 불안을 넘어
곁에서 마주 보는 행복을 위해

114(낭송)

어둠 속에 한 나무에 별들이 주렁주렁 열려 있다

그 나무 옆에는 별을 따지 못한 사람들이 백골 되어

이곳저곳 있으며 묘지도 새워 저 있다

목 매달은 백골도 누덕누덕 걸려 있다

보라 어둠에 익숙한 자는 보리니

원한다면 나무의 반짝이는 별 하나 딸 것이다

하지만 주우려 하지 말라

그 무게를 감당 못 해 빨려 들어갈지니

감각 할 수 없는 기억으로 둥둥 떠다닐 것이다

이 안에 나는 없다

하지만 그대가 별 하나를 따 빛나게 한다면

그 별은 그대에게

아무도 가지 못한 세계를 열어 줄 것이다

문을 열고 들어서면 어린아이 하나 문을 지킨다

절대 진리를 말하지 말라

육체의 어느 곳을 저당 잡히는 쓸데없는 짓으로

그대가 가질 것이 무엇이겠는가

균등한 대가를 치러야 할 것이다

절대 그 눈에 빠져들지 말라 아이의 말을 믿지 말라

눈 감고 뒤돌아 더듬거리며 뒤로 세상을 걸어라

그대 눈 뜨면 소금 기둥이 되어 굳어질지니

영원히 꺼지지 않는 불이 붙은 돌덩이를 주워

생명이 되게 하라 그대 삶이 고독한 겨울 없이 따뜻하리라

입김 내뿜으며 겨울이 지나간다

내가 뭘 할 수 있겠어 그냥 이대로 이렇게 지내다
죽는 거겠지 하는 우울
활기 잃은 냉기 가득한 발바닥을 얼린다

시린 어제 나는 죽었음에도
다시 눈떠 이어온 생은
희망이라 할 수도 없는 그림자와
녹여가지 못한 답답한 몸서리가 나를 얼린다

너와 닿았던 그리움들이 몸 가득 피워
멍울진 꽃이 되고
뿌리째 뽑아내지 못한
그리움을 더듬는 멍울을 끄집어 뽑아 버리고 싶다

나는 아무것도 해보지도 소유하지도 못한

뜻대로 마음대로 하지 못한

눈뜨며 가는 밤을 바라보며 말한다

별이 있다 별이 있다 반짝반짝 별이 있다 겨울 더듬이에

116

화성 중심으로 지구가 돌고 있어요

가까웠다 멀어졌다 꼬불꼬불거리며 돌고 있어요

트리플 킬

화성 달과 지구의 달이 싸워요
화성 달에 이름은 마르스아타니아를 내놓고
지구 달은 아파혀꼬푸라데프스가 나옵니다
칼과 방패의 싸움

승자는 닭 다리 뜯고 미쳐 날뜁니다

더블 킬
미쳐 날뛰고 있습니다

쟁반처럼 돌고 도르시 하시는

달과 달의 싸움

화성과 지구는 결국 마법 성으로 가는 길이랍니다

전장의 지배자 비둘기가 날아갑니다

117
아버지 얼굴 지구설

이마는 밤하늘 귀는 하늘

검은 머리카락은 아마존 열대우림이에요

아버지의 두 눈은 눈 감은 만년설

얼어붙어 뜰 수없이 있어요 남극과 북극이듯이

입은 바다 그리움이 다문 입

수면 아래 고래와 상어가 살아요

코는 에베레스트산 높게 솟고 그 위로 산맥이 있죠

양 눈썹은 들판 말과 소 양 가축들이 놀아요

볼은 잔털이 사막화되었고

까칠한 황무지 바다가 절경처럼 붙어 있죠

가끔은 황무지에 면도한 다음 같은 눈이 내려 맨들맨들하죠

버펄로도 그곳에 다녀갔다고 해요

지구가 움직인다는 소리는 믿지 않아요 생동 없는 유골처럼

지구는 돌아가신 아버지 얼굴이에요 나는 그걸 믿어요

아버지 얼굴 위에 많은 부족들이 살아요

달은 아버지 얼굴을 들고 갑니다

태양이 드리운 아버지 얼굴을 따라 돕니다

118

누가 바람이 분다 했던가
구름이 물고기를 잡아당기면
물낯과 하늘 휴전선 넘어 숨을 칠한다

낱장으로 네모나게 발라진 칠이 된 물고기 숨 모이면
응축된 작은 티끌 차곡차곡 겹쳐
나비가 더듬이에 달린 손으로 내리치면
경계 없는 색 포도당초 되어 분열되어 뿌려진다

수염 고래 펄럭펄럭 키 끽 끼 거리며
태양을 물어와 태양 즙 내어 내뿜으면
난기에(애) 티끌 당초 수분 달라붙고 설진 맺는다
설진은 온기와 수분을 먹고 커지며 포도가 되고
새가 허공을 걸어와 포도알에 부딪히면 빵 하고
포도알이 터져 바람이 된다

바람은 터 오는 것이다 철새들이 몰려 걸어오고 빵 빵 빵 포도알이 트기

시작했다 바람이 터 온다

119

물이 깨진다 피어

타오르고 켜지며 눌러 내리쬐고 달려가며 걷고 쪼이고 씹고 뜀뛰며 춤

추며 기어간다 적대감을 가진다 화를 쏜다

슬퍼 웃겨 꼬물꼬물 파릇파릇 사르르 평화 손 흔든다 없다

없다는 것은 무

무의 눈물이 남겨졌을 때 회귀된다 물이 도달한다

120

겨울 한 모금 마셔 들어오는 계절은

아시아 아프리카 남아메리카 에티오피아가 함께 붙어 있다

농부가 있고 붉은 열매 담아두는 노동 있다

널린 커피 열매
두 손 담긴 머나먼 대륙
농부를 향해 시원한 바람 호호 불어 본다
입냄새는 커피나무에 희석된다

내 안 층 층 층을 넘어 층 층 층을 지나
층 층 층을 건너 층 층 층을 떠가는 깊은 세포에 깃든 육지여
지열 가득 머금는 커피나무 자랐다

121

겨울이 깨 물은 추위와 올려다보는 별자리
오리온 별자리는 말이 되었다
말을 타고 어제를 달려 오늘로 왔다
추위에 정육 덩어리가 되고 겨울이 굽는다
히터가 뿌려 주는 온열
파스처럼 붙은 한파
온수 한 잔에 빠져든 한여름 더위
뛰어내리는 한파 기어가는 난 열
겨울이 정육 덩어리 굽는다
구운 소나기 소리 쏴아아 쏴아아
구수한 여름의 열기가 상추에 담겨
한파를 쌈 싸 먹는다

말이 한파를 씹으며 달려간다
별이 붙은 파스를 땐다

122
무결

겹겹에 겨울은 벗지 못한 추위
누군가 풀어 놓은 겨울이
한산한 도로가 도시를 고요하게 만든다

고요하게 고요 고요한 밤

다음으로 거룩함이라는 단어가 연상되는 것은 내가 종교인이어서가 아
니다 노래를 배웠을 때는 크리스마스가 다가와서도 아니었다
아직 잊히지 않는 노래는 어떻게 습득하게 된
것인지조차 잊은 겨울 노래였고 아직 잊히지 않아 추위를 잊기 위해 부
르곤 했다

추위를 잊은 듯하며 부르는 어둠에 묻힌 밤
속 끓는 것은 묻힌 밤이었고 아무도 나를 찾지 않았다
그냥 이대로 잊히는 것도 좋을 것이다
누군가 잊히지 못한 상대가 있을 것이므로

끄적끄적 오늘의 상태를 비워 나간다

고요한 평화가 뜻이 매우 낮고 초라한 거룩함을 부른다

123

열리지 않은 추위가 밤에 온도를 읽는다

희귀 라이터 복원 장면을 보고 있다

녹이든 겨울을 모래 분사하면 새것처럼 깔끔할 것이다
것이다 녹이든 겨울을 분사하면 새것처럼 깔끔한 모래

겨울을 복원하는 밤의 온도를 헝클어 본다

새것처럼 분사하면 깔끔한 겨울을 녹이든 모래 것이다
깔끔한 겨울을 분사하면 새것처럼 모래 것이다 녹이든

온도가 가해지지 않는 겨울을 더 망치질을 가해 부서 놓는다

분사 새것 모래 녹 깔끔 겨울
망치의 부스러기 부서저 나간 문장의 파편들

쉬는 날이었다 숨겨둔 동굴 안 가지고 놀던 문장의 장난감이 짜부라졌다

아이가 겨울처럼 돌아가 울었다

124

눈 비 내 린 다

    렸 늘   하

이   눈 늘

     서   에

    하   내 서

        다 비

에   내

             렸

눈녹비아내흘렸렀다다 슬픔이 눈동자에서

125

스웨터를 입은 밤이었어
정밀한 기대도 다 지나가고
올해도 딱 오 일 남았지

스웨터를 입은 밤이었어

피부를 간지럽히고
포근하게 삐져나온 애플 밤 향기
방 안 사과나무 꽃피며 따뜻하게 자라지
스웨터를 입고 폴 댄스를 춤추지

괜찮아 딱 오 일 남았어
괜찮아 아무 소식 없어도

메리 크리스마스라고
미리 크리스마스라고
행복 크리스마스라고 못 해도 못 해도

스웨터를 입은 밤이었어

딱 오 일 남았어

사과나무는 스웨터를 입고 폴 댄스를 춤추지

스웨터에는 Happy New Year이라고 뜨여 있어

작게 작게 어제의 햇살이 박제되어

126

입을 때다가 벽에 걸어놓지
하얀 치아를 들어낸 입술이 깔깔 소리 내며
웃음이 사선으로 걸려 있고

액자를 들고 있는 손엔
같은 액자가 머리에 걸려 있고
음량에 침묵은 볼륨을 높이지, 않지

벽에서는 키워지지 않는 나무가 처음부터 컸던 것처럼 개구리처럼 미끄
럽게 앉아 생각에 잠겨 있어

당신이 이 광경을 보았으면 어땠을까 하는 생각을 해 보곤 해

살굿빛 노을과 따스하게 저물어 가며 온종일 받아 내기만 했던 모래의
열기가 천천히 별처럼 올라가 빛나고
빛의 여운이 담긴 도시를 떠나온 짙은 밤이 모닥불을 태우지
입김도 없는 달과 별은 숄을 두르고 따뜻함은 꺼지지, 않지

당신이 보았으면 어땠을까?

당신과 보았으면 어땠을까?

없던 기억이 있던 기억을 상상하곤 해

127

뜨거운 태양이 심장을 움켜쥐고 있다
나무의 손끝에서 심장을 쥐어짜 바깥 나온 빛살
그늘에 서늘함 잊게 하듯 조약돌 빛이 쥐어질 것 같았다

겨울 한참 생각하는 것이 그따위의 계절의 것이라니 얼마나 바다에 기
름띠 된 진창을 뒹굴어야 하는 작업

부질없는 소리 그늘이었다 겨우 이 정도냐!
그늘에 잠식할 이 정도 한계 끝에

지워지는 것에는 그늘이 없다 지어지는 생략된 것에는 생이 없다
오랫동안 짠물을 마신다 물고기는 살고 있다 짠 넓음에 익숙하게

태양을 따라 시드는 점을 지나
싱겁게 열기를 깎아 먹는 밤 지나고
태양이 뜨겁게 바다에 반사되어 오는 익어지는 물빛
살아온 거친 삶을 칠해 놓을 것이고 조각해 놓을 것이다

닻을 올리는 것과 내리는

무풍지대에서 멀어지는 돛을 펼쳤다

노를 저으며 등지고픈 무풍

희미한 미동에 떠오른 빛 결 환한 시간

무른 날들이 출렁출렁 어슬렁어슬렁

시크한 잔해의 잿빛에 호흡

기름띠 아가미를 펄럭 거려도 기름 뱉어지지 않아 끈끈이 스며드는 참

혹한 검은 호흡

호흡에 살겠다고 달라붙어 파고드는 미생물이 생명의 빛을 미세하게 빛

낸다

떠난 버스 붙잡는 방법

펄떡 거리는 겨울

버스 떠난 뒤에 손 흔들어 봐야 버스는 멈추지 않는다

펑크를 내면 운 좋게 탈지도 모른다

막 떠난 버스 활을 가지고 있다면 상어를 끼워 활시위 당기면 상어는 타이어를 물어 펑크 낼 것이다

총을 가지고 있다면 표범을 탄창에 넣고 장전해 쏴라 달려가 타이어를 사냥감처럼 물어뜯을 것이다

엔진오일 구멍에 사막을 좀 넣자 모래에 버스가 멈추면 탑승할 수 있을 것이다

배기구를 코끼리로 틀어막으면 시동이 꺼질 것이다 이때를 노리자

버스가 멀어졌다면 오토바이 나 자전거 타고 가면 된다 언젠가 종점에 다다를 것이다

새들과 친분을 가져야 된다 새들은 버스를 들어다 놓았다 한다

버스를 다시 돌려놓든가 아니면 버스가 멈출 정거장에 대려다 놓을 것

이다

펄떡거리는 여름 버스가 섰다 당신이 웃음을 낸다

129
내 세계의 창시론

빛 속에 나와 한줄기
독자적 창조의 걸음으로 정보의 모음 되어
무의식적으로 퇴적되고
쌓이고 쌓여 구체에 이르니
걸어가는 와중 만나는 수많은
과정을 의미와 이해로 나누어지리라

나눔은 많은 파생으로
형상을 이뤄 빛처럼 샐 수가 없고
빛들이 소모되면
소모의 끝에 다시 작은 빛으로 써
큰 빛을 향해 돌아가 하나의 빛 되리라
빛으로 시작이요 소모로 끝이 아니라
빛으로의 시작이요 빛으로의 끝이다

130
역지사지

철도 건널목 차단기 앞에 갑갑하게 정지해 있다

유리 위를 지나는 것처럼

드러누워 본다면 하늘을 향해 붙은 레일에 코는 납작하다

머리에 오려 둔 공간이 얇다

코 붙인 전철이 붙잡고 흔들고

땀처럼 올라오는 차단막은 먹구름을 내렸다

옆으로 붙여진 생각대로가 상자 왼쪽 옆에 붙어 대로를 만들고

그 문구에 들어가면 까만 타르의 향기로 칠해진 큰길이 연결되어 있었다

새들은 오늘의 흐린 날을 피해 날아갔다

사물의 정지된 시간에도 전철은 당길 줄 모르고 밀고

땅을 잡고 하늘을 지나간 전철과 건너지 못한 건널목에서 신호가 바뀌
길 기다릴 뿐이었다

고시원에 지내는 소외된 친구에게 반찬을 가져다주고 돌아가는 길
막막한 건널목에 차단막이 오르고 신호가 파랗게 바뀌어 올랐다

달과 손가락
아트만과 무아2를 클릭한다

수만 겁에 걸쳐 환생했다면 이번엔 그중 어떤 것이 이번에 윤회했다고
말할 수 있을까라는 글을 읽는다

나는 그 질문에 상상한 자가 되어 답해 본다

일 겁의 겁이 만겁을 이루는 것이요 만겁의 겁이 일 겁과 같으니 그중
몇 번째라고 할 수 없다 빗방울이 하늘에서 떨어지는 즉 몇 방울째가 냇
물이 되며 강물이 되며 바다가 됩니까
하면 바다가 그 한 방울에 물방울이었다 하겠다 그처럼
한 겁은 공존이라 하겠다 한 방울에 물방울이 바다에 뛰어들었다 한들
한 방울이 없다고 할 수 있겠는가
또한 한 방울에 바다가 스며들어 갔다고 한들 바다가 없다고 할 수 있겠
는가와 같은 것이다

또한 물은 흘러가는 것이 아니요 모여드는 것이니

겁이 만겁을 이루었다면 모여드는 곳에 구분 없는 겁이 되었다

하겠다

무릇 비가 온다는 것을 알았을 때부터

윤회란 돌아가는 것이 아니요 모여드는 것이라 하겠다 나에서 너를 만
나는 과정이요 나와 너를 지나 무리를 만나는 과정이니 이익을 나누는
것이 아니니 구분한들 무엇 하겠느냐

상상은 답한다 찾고자 하는 이를 위하여

132

14층의 높이에서 아래 내려다본다
블랙박스 불빛이 붉게 다 꺼져 가는 별의 밝기처럼 깜박인다
몇 분 전 행동과 일 초 후 날짜와 시공간
별이 입력하고 있다 세계와 우주에 관한 기억을 블랙박스처럼

멀고 먼 사건 사고
거울을 통해 나와 사물을 보듯이 어둠이라는 거울 속 한정된 공간
줌을 당기면 당신이 잡힌다

별빛이 블랙박스처럼 깜박거린다
블랙박스 별빛처럼 반짝거린다

별이 당신에 기억에 저장된 것과 다르게 입력된다
당신은 사고와 사건이 아니었으므로 기억하지 않는다
삭제된 파일을 복구한다 당신과 스친 기억이 재생된다 일의 전야

133

살아 있는 것은 어디든 달려간다
저 터널에서 나오는 목소리
당신의 소리에서 나는 멈춰 선다

또 또 또 또 매번 누군가의 소리에 잣대는
당신에 눈초리를 세고
이제는 숫자를 잊은 만큼 만족도 잃었다

똑똑 소리의 무게가 고막을 두드려 울려 흔들리고
소리는 옆을 보라고 한다
마음을 잃는다 옆에는 눈이 없으므로

또 또 또 피해망상의 그늘 잊지 못한 소리가
뇌의 변연계 어딘가 들려온다 쓰레기 미친놈 구두의 헛짓

당신에 소리에 나는 멈춰 있었다
당신은 보이지 않고

어디라도 앞일 뿐이므로 다시 앞을 향해 걸어갔다

134
상상의 근대사

길게 몰아서 내쉬는 길
말단 밤을 지키고 있으므로 아파지는
허벅다리 위 좌우 쪽으로 살이 두두룩한 고드름 땔 전조

고무장갑 낀 손 매스를 잡아 쌍갈래 떡 꽃류 치루 살점을 도려내야 하는
선고를 받고 몰아가는 지난 길

속에 모닥불 탄 걸음으로 걷게 한다
의미를 헝클인 히터에 중세가 방석을 데운다
다 아는 것이 아니므로 약이 된다

살 찢어오는 불안한 마취 깰 뒷면에 누르스름한 끈적한 냄새를 맺고 두
해살이풀이 꿰매 저 죽는 일

걱정은 경험으로부터 미리 오고
그림이 그려지지 않았다 그려지는 당신은 아파한다
그런 읽는 그대 생각하면

힘으로 가는 가벼운 전환 과정

아하 나는 원래 그림을 그리는 방법을 모른다
모르는 것은 웃음이다
웃음을 상에 올린다 웃음은 웃는 것만 가능하다

열여덟 근대로 써진다
시무룩한 당신에 표정
웃으며 힘이 불끈 솟는다

135
노래를 들으며 밤을 보낸다

혼미한 밤이었어

저 하늘엔 너에 눈빛이 반짝이며 취하게 해

붉게 흔들흔들거리고 겨울의 배경은

나무의 가지를 직각적이고 수직적으로 각을 그리지

신경 쓰이던 저 빛들이 신경을 긁어내지

광케이블에 불꽃 티며 섬유가 끊어지고

이어 다시 팬을 들어 편지를 쓰지

며칠을 기다리며 편지가 다가올 시간을 기다리던 즐거움

이제는 LTE 하게 날아가고

활발한 기운은 몽환 같은 것

너무 선명하려 들 필요 없잖아 구체가 없는 실체가 없는 밤이었어

그러니 LTE 하게

껐다 켜는 반복의 스위치 소리 오락가락한 불빛

혼미한 밤이었어 LTE 하게

눈빛이 반짝이며 붉게 취하게 해 흔들흔들 겨울 분위기는

직각적으로 수직으로 각을 세우지

신경들은 수평을 이으며 수평선을 겹치지

생풀 뜯어 먹는 소리
고래가 풀 뜯어 먹는 소리 하고 있지
혼미한 밤이었어
저 천장엔 눈빛이 반짝이며 흐릿한 피사체가 주사되지 들이킨 만큼 얼
어붙은 음악에 몽환이 흔들거리지

137
밤 근무

텅 빈 주유소의 마당을 보면서
자동차가 들어오길 기다리고 있어

밤은 매일 기다리는 일이고
밤일은 두려움을 마주하는 일이지

나는 무엇인가 다가오길 기다려
많은 것을 해낼 자신이 있다고 믿고 있지
마음은 언제나 든든했어 마음만 있을 뿐이었지

이유를 대고 의미를 대면 사실 아무것도 할 수 없었어

상상 이제 그것도 바닥인가 봐
상상의 부스러기를 쓸어 담아도
부스러기의 흔적이 보이지가 않아
다아 날아가 버렸나 봐

버린다는 말이 싫었어 그래서 의식적으로 버린다를 쓰지 않았지

버림받아야 할 이유는 아무도 없으니까
그걸 규정 짓는 것부터 지워야 했어

주유소의 마당으로 버려지지 않으려는
도로가 자동차를 싣고 오고 있어 일하는 중이야
마중 나가야겠어
버려진 것들이 별이 되는 밤에

138
아기돼지 삼형제

늑대가 아무것도 먹지 못하고 굶고 있었어요

첫 번째 집을 가서 배가 고파 그래요 먹을 것 좀 주세요

라고 했습니다 그러자 우리도 먹을 것이 없어요라고 말하며 문 앞에서

쫓겨났어요

늑대는 두 번째 집을 찾아가 문을 두드렸습니다 배가 고파 그래요

밥 먹을 것 좀 주세요 그러자 두 번째 집은 이런 우리도 먹을 게 없어 힘

들어요라고 했습니다 그러자 늑대는 지친 몸을 끌고

세 번째 집으로 갔습니다 세 번째 집에서 당신같이 흉악한 모습을 한 사

람에게 줄 먹을 것은 없어요라고 말했습니다

그때 지나가는 아기 돼지 첫째가 보였습니다

굶주린 늑대는 물불을 가리지 않고 달려갔습니다

짚으로 만든 집을 온힘을 다해 불었습니다 자신도 어디서 그런 힘이 나

왔는지 놀라고 있을 때 아기 돼지는 첫째는 둘째 아기 돼지 형제의 집으

로 도망갔습니다 그러자 늑대는 또다시 따라가

입김을 후하고 불며 나무집을 날려 무너뜨렸습니다

늑대는 어리둥절했습니다 이런 상황에 입김으로 바람을 날일 수 있다는

능력에 놀라워하고 있었습니다 그러자 그 틈을 노려
아기 돼지 형제들은 막내에게 달려갔습니다

늑대는 다시 아기 돼지 형제들을 따라 달려갔습니다

튼튼한 벽돌집 앞에서 늑대는 또다시 사력을 다해 입김을 후 하고 불었
습니다 그러자 꼼짝도 안 하는 벽돌집 늑대는 집 앞에서 능력을 다 발휘
하지 못하고 굶어 죽었습니다 죽는 동안 아기 돼지 삼 형제는 잘 먹으며
성장해 벽돌집을 팔며 부자가 되었습니다

139

입 벌린 해골로 들어간다
치아의 틈을 지나 사막의 더위를 피해 걷는다

해골의 속은 동굴과 같았다
입천장에서는 톡톡 물이 떨어진다
갈증을 흘리고 깊숙이 들어간다
이끼 서린 동굴 깊숙이 걸어 들어갔다

빛을 내뿜는 동굴 끝을 향해 걸었다
다다랐을 무렵 해골의 목구멍쯤으로 커다란 옥 바위가 청색 빛 품으며
냉기를 뿜어 빛나고 있다

손을 대고 만져 본다
빙하처럼 시려움의 냉기가 손바닥에 묻고
손을 바라본다
손에 옥 바위의 기운이 묻어 푸른빛을 낸다

온도가 올라갈수록 빛의 색이 변하기 시작했다

하얀빛이 품어 나와 한 손에 푸른 불빛 삼아 들어갔다

환한 세상이 돌아오는 의식처럼 펼쳐져 푸르게 온몸을 덮었다

140

일터에 밤 -18.5℃ 겨울바람 노래가 들려오면
사막으로 도망치지 그것에는 백골이 있고
백골의 뼈대는 나누어져 있지

겨울바람이기에 사막까지는 오지 못하고
무수한 모래의 상상들을 얼릴 수 없지

어제의 바람은 어제의 온도로 지나고
오늘의 바람은 오늘의 온도로 지나고

추위의 포박으로부터 꽁꽁
포박을 녹이려 사막으로 간다
그곳에서 영하를 잊는다

서 있는 백골의 하반신 엄지발가락뼈에 붙은 문

잠시 올려다본다 나무의 그림자 아래

문고리를 잡고 문을 연다 문 안의 어둠에 촛불이 켜진다

141
시초

아무 생각이 없었다

아무 생각이 없지는 않았다 시적인 생각을 하자, 라고 막연하게 생각하고 있었지만 그런 생각이 쉽게 들지 않는다 젖은 길바닥처럼 젖어 있음에도 그 젖어 있는 것에서 마르지 않는 기분이 싸늘하게 한다 저것이 맞는 것이냐 안 맞는 것이냐는 말에 가려내는 것에 시비적인 것을 만든다

이분법적 사고에 성가심을 매달고 길바닥이 말라 보였다

눈은 녹지 않고 먼지 묻은 눈들이 더러워 보였다

문제를 이야기한다면 너무도 많은 이유와 사유가 말할 수 없게 한다

후벼 파대는 맞는 것과 안 맞는 것 조금 다르게 말한다면 참이냐 아니냐 옳은 것과 아닌 것 맡아서 행해야 할 꾸짖을 책 맡길 임

한숨이 셔지고 막연하게 그것과 상관없이
생뚱맞은 상관도 연관도 없는 없긴 왜 없어 쓴 사람이 표현한 것인데

설명하는 것은 시가 아니라고 하고 때론 설명도 시가 된다고 생뚱 더하기 망뚱 붙여 본다

그녀가 겨울을 앓았고 겨울은 시리게 눈을 내렸다 아무 생각이 마음 복잡하게 짧게 내렸다

알 수 없는 것을 표현할 때 창의가 발휘되며 그것은 곳 시초의 시가 된다 바닥에 시가 초 칠해 있다

142
폐차

마을로 가지 않는 버스에 있는 사람들

비행기를 타기 위해 간다고 말하지 않았다

비행기가 가깝게 이륙하고 있었고

운전수는 아무 말도 없었다

버스에 내렸지만 내린 사람은 없었다

마을로 가지 않았기 때문에

증명의 봉투만이 툭 주어질 뿐

소를 끌고 가듯 운전대를 잡고

계약과 계약들이 중고와 새 차 사이

움직일 수 없는 증명을 끌고 왔다

움직일 수 없는 증거

속 어딘가 다 퍼가고 이식시키고 남은 허울

압축기에 눌러 접힌 상자

크레인은 입방체를 띄운다

마을로 가지 않는 사람들을 이륙시킨다

143
사랑이 날아다닌다

말로 상처를 입으로 할퀴지

신경의 채찍을 들고 입으로 내려치지

아프지 않지만 답답해

이미 짜증을 텁텁하게 쌓이게 해

잠시 나가 후 불면

나비처럼 날아갈 것 같아 바람처럼 시원하게

꽉 막혀 장작이 쌓이지

신경이 바늘처럼 서있고

조금만 잘못 움직이면 찔릴 것 같아

무슨 말을 하겠어

헤어지자 헤어져

속삭이듯 작게 말해도

아이스크림을 들을 수 있는데

사랑이 유리였나 봐

담겼던 추억들이 던져 나가고 깨지지

넌 물어뜯기 시작했어

과거의 이야기부터 주채 하지 못하는 감정들

가치를 증명하듯 굵은 바늘을 퍼부어 주고 있지
너 말은 생명이 없이 휘두르고 파멸 시키지
돌이킬 수 있을 때 한 번쯤 생각해 보는 게 어때
속삭이며 지나자 뽀뽀 웅 뽀뽀 웅
사랑이 날개를 펼 거야 불꽃처럼 튀어 나갈 거야
뽀뽀 웅 뽀뽀 웅 사랑 사랑 사랑 사랑 사랑해

144
아침

꽃이 먹물을 뿌려 젖은
깜깜한 밤

빛을 뿌리는 새 하나가
지나간 흔적이 반짝인다

파란 열매의 즙이 번져 먹을 먹고
주황의 열매의 즙이 파란 즙을 먹고

환한 새 한 마리 주황의 열매의 즙을 먹으며 눈부시게 날아왔다

145
빅뱅

검은 불꽃에 가까이 다가가는 것은
녹아 흘렀다

중앙에는 온도의 색을 초월한
뜨거움이 있다 너무 뜨겁기 때문으로
빛조차 녹여 휘어지게 했다

빛을 다 흡수해 녹여지면
뜨거운 점성에 끈적임을 넘어
흐물흐물해질 상태
닿는 것은 모두 녹았다
우주의 냉기로 식힌다

뜨거움에 응축된 덩어리의 충돌된 하나
검은 속내에 폭발을 일으킨다

온도에 색을 지니며 식어 별들이 흩어간다

146

통통하게 침대에 누워 잠자는 달덩이
코골이 소리 환하게 빛난다

옆에 누워 먼발치 소리 되어
환한 소리 가깝게 귀 두어보다

잠을 채굴한 알약을 털어 넣고
고이 드르렁 드르렁 거리는 달덩이 소리

천리를 달려온 말처럼
만 리를 뛰어온 철인처럼

이불 덮고 잠에 빠져든 숲속의 달덩이
숲 짐승 달 곁에 모여 환한 소리 듣는다

147

상 차린 밥상
꺼내 놓은 깍두기

초록 떡잎 대신 달린 깍두기 줄기는 파

엄마가 따주신 깍두기
아사삭 아사삭

한 철 견디라며 담아 주신 무언에 맛

겨울을 곱씹어도
엄마에게 아이이듯

다 커서도 뗄 수 없는 모유 같은 호칭 엄마

자식 생각 붉은 양념 손수 무쳐 담그신
입에서는 깍둑깍둑

수북한 기운 한 공기 고봉 뚝딱 뚝딱

148
꽃의 여명

어둠에서 고개 올렸더니

싹이 되었고

두 손을 내밀었더니

마음을 서로 잡았으며

팔 벌렸더니 너를 안았다

몸 부딪었더니 파도가 되어 부서졌으며

비 맞고 보니 향기 알았고

나비 보았더니 화창함을 알았다

거울 보았더니 화려함을 알았고

바람에 흔들려 있다 보니 춤 되었다

바람에 흔들, 흔들 북돋움 주고 간 맺음을 알았으며

꽃 피던 한 몸 너와 나 맺어 있었다

화려함이 떨어져 나간 것을 보며

상서로운 날들에 열매를 알았고

인고의 뜀박질 속에

힘든 맺음에 소중함을 알았다

뿌릴 줄만 알던 너는 아버지 되고

품을 줄만 알던 너는 어머니 되어

세상이란 나무에 뻗어 나와 가지에 희망 피는 꽃 되었다

149

경이 들어간다

낱 세로 길 떳떳하다 법 볕 그림자 빛 햇살 햇볕

서울 언덕 크고 높다 수의 이름 창고

가볍다 조급히 굴다 경솔함 가벼이 하다

가벼운 수레

거울 비추다 밝히다 길 못

그 어딘가 기대고 싶다

다시 고치다 재차 개선함 또

기울다 중정 상태에서 어느 한쪽으로 기울다

기울이다 다하다 탕진함

다투다 쫓다 나아가다 향하여 가다

나란히 서다

경계하다 놀라다 깨우치다 두려워하다 경계

지름길 건너다 작은 길 논두렁

기대려던 마음 생각 정신 잊는다

놀라다 놀래다 놀람 빠르다 경풍
대개 가시나무 느릅나무 도라지 굳세다

굳세어 간다 힘이 난다
경유를 다 넣은 차가 경경경경경 하며 주행해 간다

슬픔은 바다를 헤엄쳐 떠나갑니다
더 슬플 것도 없이 가는데
슬픔을 잊고 살아가는 메마름이
바다를 마르게 합니다

슬픔을 배웅하며 손 흔들어
언저리 회고된 웃음이 출렁입니다
작은 웃음 파도치며 땅으로 스며들고
슬픔은 기쁨이라는 바다 위를 헤엄치는데

이토록 우울이 가시지 않는 것은
내 마음은 우물이었나 봅니다
깊이 스며들었던 어인 내 감정들이여
이 세상 어딘가 마음은 만감이 스며든 곳

자 하나의 슬픔이 죽었다 해도 슬퍼 말자

기쁨은 다시 만선을 채우고

웃음은 다시 만원滿願을 채우니

그때 우리 슬픔 과히 체하지 말자

기다리던 기쁨이 돌아온다 행복을 가득 담고

151

겨울 눈동자

저 달이 슬퍼 보이는 까닭은
가시지 않는 눈동자가 있어
흐릿이 바라보던 눈동자요
눈물이 꽃잎 지듯 떨어질 것 같던 눈동자요

부를 수도 볼 수도 만질 수도 위로할 수도 없는 눈동자입니다

매정하게 돌아선 마음이 걸려
차마 다시 보지 못할 그대 눈동자

애꿎은 달 보며 서글해지는
서글픔 대신 달래 봅니다

돌아선 것은 나인데 왜 이리 마음은 미여 오는지

달을 보면 슬픈 까닭은
환한 눈동자 바라보던 기억이 나기 때문입니다

153

행운이 그대에게 달려오는 날
행운이 다가와 당신을 안아주는 날
행운이 숨 쉬어와 당신에 답답함을 해갈해 주는 날

당신이 기다리고 기다리던 행운이 따르는 날

그대 오늘 행운이 찾아온다네
그대 마음을 열어 행운이 온다 입 밖에 외쳐
함께 행운을 나누어 누리기를…

당신의 행운이 행복이 되는 날

154
광사태

빛 소의 무릎 뒤쪽 오금에 붙은 고기
빛의 피부가 돌비늘이나 뱀의 허물같이 되는 증상을 보이고
빛 안에 보관하기 어려운 각종 물품을 넣어 두기 위해서 집 바깥에 따로
만들어 두는 집채에 산비탈이나 언덕 또는 쌓인 눈 따위가 비바람이나
충격 따위로 한꺼번에 무너져 내린 빛을 보관한다

그 보관을 내고 너를 닿아 나를 닿고
맨드라미처럼 피어 펼쳐두는 부채 빛 바람이 분다
뿌연 안개가 피어 환한 대낮을 이룬다

155
웃음 찾기

그림자 흔들어 깨우는 아침을 보라
우물을 가까이 머금는 깨알을 보라

환한 강물이 흔들어 깨우고
눈뜬 아침

시를 씻기는 마음으로
쉬어가야지

그림자는 붙어 있을 때 가장 아름다운 것

너를 떼어 냈다는 것은 죽음

오라 그대에 환한 아침이여

옆을 보지 못한 오늘을 챙기고
앞만 보고 갔던 아이가 멈춰 아이를 위로하며

환한 아침이여 깊은 아이에 눈물을 거둬라

공터에 뛰어놀 수 있는 환한 대낮
술래가 숨은 웃음을 찾는다 너 찾았다

바람의 흔적

바람이었으리라 한줌 하얀 바람

하얀 장갑에 놓아주는 바람이었으리라
바람에 알갱이가 화장된 유골과 같고
날아가는 것은 추억 기억이었을 것이다

웃음마저 못 놓아주는 웃음의 알갱이 바람 되어
희뿌옇게 뿌려 걸어 가는 화장된 유골의 하얀 걸음

검은 밤 낚시터에 뿌려지던 희뿌연 담배 연기

그것은 비밀이었으니 아무에게도 말하지 않았다

바람이었으리라 한줌 하얀 바람

오늘을 그토록 바라던 산자의 하얀 바람

157
그대라는 계절에 산다

그대 계절에 가고 싶다
그대 봄처럼 한가득 환한 얼굴이면
나도 그대 따라 환한 얼굴

그대 여름처럼 온통 싱그러운 향기면
나도 그대 따라 온통 싱그러운 향기

나는 그대 계절에 가고 싶다
내 안은 지독한 겨울
생명이 얼어 죽는 차가운 그늘

그대는 생명이 가득한 계절
소생을 원하는 회귀마저 꽃피우는 곳

나는 그대 계절에 가고 싶다
그대 가을처럼 익어 가는 붉은 얼굴이면
나도 그대 따라 붉게 익어 가는 얼굴

그대 겨울처럼 하얗게 눈부신 얼굴이면

나도 하얗게 눈부신 얼굴

나는 그대 계절에 살고 싶다 그대라는 계절

158
벚꽃 만개

바람에 등을 타고 뛰어노는 한 마리 낙엽
낙엽이 머리카락 날리며 하늘을 걷는다
낙엽은 권갑을 두르고 천상비를 뿌린다

낙엽이 경공으로 하늘을 거닐 때마다

하늘은 꽃향기가 가득한 분무와 터져 나와
뒤섞여 진분홍 옅은 분홍 따스한 눈빛처럼 휘날리며

그대 눈빛에 닿는다
그대 눈빛은 경공을 쓰며 꽃잎 따라 하늘을 걷는다

159
하늘이 마음에 찾아와(Inner peace)

하늘이여, 하늘이여

탓할 수 없는 신음을 홀로 부르는구나

하늘이여, 하늘이여

울 수도 없는 슬픔을 홀로 부르는구나

마음 꺼내 하늘에 놓아두니

덜컹 눈물이 흐를 것 같아서

하늘이여, 하늘이여

그 외침 행여 시끄럽다 들려올까 봐

외치지도 못하고 소리치지도 못하고

하늘이여, 하늘이여

마음으로 마음으로 하늘을 불렀다

하늘이 마음속에 들어오니

문 열어 놓고 하늘로 올라가 갔다

하늘이 두고 간 잔물결 없는 수경 한 강물

160

새여 너에게는 희망이 없어
항아리 속으로 들어가려 하지 않는다

모래여 너는 큰 바위를 본 적 없어
너희에 키를 잰다

새여 너는 왜 모래를 삼키는가
깊은 너에 속 모래주머니에 담길 것을
너는 알면서도 왜 모래를 삼키는가

저 모래의 죄는 얼마나 무겁길래

새여 너에게는 희망이 없어
상자 속으로 들어가려 하지 않는다

고양이는 희망을 찾아 어둠에 익숙해지는데
쥐는 희망 하나 빛 삼아 어둠에 길을 찾는데

새여 너에 희망은 어디 있는가
그렇게 보았던 무렵

너에 희망은 저 밤하늘에 있었지
밤하늘 몰래 별 따라 날아가지 않던가

161

내 마음에 그릇을 버렸더니

강물이 되었다

내 마음에 고일 것을 버렸더니

바다가 되었다

밤을 버렸더니 아침이 되었다

달을 버렸더니 환한 낮이 되었다

나는 태양 되어 그대를 비추기 시작했다

그릇 안 되면 어떠한가
그릇이 없으면 어떠한가

나는 그대를 비추고 있지 아니한가

162
창창한 나래

나 어느 날 집 밖을 나서야 한다고 생각했소
햇살은 창창한 날이었소 저 햇살이 환하게 비추는 것은 좋은 일이 생길
것이라는 의미야 오늘이야말로 밖을 나갈 수 있어 생각했소

세면을 하고 이를 닦으면서 머리카락이 이마를 가리고 있었소
왜 이렇게 답답해 보이지 나는 답답함이 몰려왔소 이건 답답해질 암시
야 나는 이마를 걷어 올리지 못하고
답답한 마음으로 나는 나를 점검하며 혹시 화장실에 못 갔나 하는 생각
을 했지 뭐요 변기에 앉아 답답함이 해소되길 바랐소 폐가 이상한가 심
호흡을 해 보고 행여 변을 며칠 참고 있어서 그랬나 하는 생각에 변비약
을 먹어야 하나 하는 생각이 들었소

아니 나는 당신을 보러 나가기로 했소 우리의 만남에 의미란
여태껏 살아온 시간의 축적이 모여 만든 만남이라는 말이요
어려운 연결고리의 맺음의 날이요 하지만 이 의미를 생각하건만

햇살은 창창했지만, 하늘의 중앙에 있고 정오였기도 했고

정오에 햇살이 비친다 그건 무슨 의미지 올려보는 것은 무슨 의미지 하는 생각이 들었소 열어 둔 창문을 지나 바람이 방안으로 스며들어 왔고 따뜻한 바람이었소 이건 무슨 장면인가 하며 놀라 동공을 크게 뜨고 있었소 숨은 의미가 있을 거야 다들 그런 의미를 알고 장면에 해석할 줄 알지 나는 그것에 매달려있소

당신을 만나야겠다는 마음은 가득한데 의미는 한가득 투명 꽃처럼 피어 휘날리는데 의미를 뒤적거렸소 이것은 분명

좋은 증조이다라고 애써 긍정을 했소만 나를 점검하는 사이 거울을 보자 드러난 치아가 누렇고 얼굴도 꾀죄죄해 보였소
티브이를 켜니 말끔한 사람들이 의미, 의미, 의미를 생각해요라고 틀고 있었고 행동에 해석하고 있는 정치적 발언들이 쏟아져 나왔소

나는 그걸 들으며 내가 하는 말이 무슨 영향을 줄 것인지 생각하게 되었고 그러다 보니 잊은 것도 있더이다 분명 창창한 날인데 말이요
신발 끈이 잘 매여 있었는데 나가려니 신발 끈이 밟혀 풀렸소

우리는 안 될 모양이오 나는 생각하며 방 안에 있소 창창한 날에

163
충격

피해의 상상 망상 피상 추상 변상

육체적 통증 물리적 변증

정신적 임팩트 동떨어진 심적 응축

정신적 피박 정신적 광박 정신적 독박에 나가리

one go

two go

쓰리고에 휩쓸 고

따닥에 멍따

정신을 차리니 생 아사리판

내가 지금 뭘 했지

승자야 늘 웃고 패자는 화가 나는 게임에 법칙

수습은 묻고 더블로 가

오링 분노에 탄알이 없었다

164
별 따러 간다

우주복 입고 별 따러 가는 날

초조함이 든다 비행기에 실려 쏘아 올라가는

집단의 사이로 저마다 나와 같은 표정들이 가득하다

그래도 별에 광석 하나만 잘 주우면 우리 식구 편하게
먹고사는 걱정 없이

몇 달 전 우주 광부라고 부르는 직군의 사고는
더욱 초조했지만 마다할 수 없었다

저 별을 따다 줄게 했던 기억 이곳의 사람들은 소중한 사람들의 사진을
다들 가지고 있다

대부분은 지구의 용역들은 청소가 주 업무다

달에서 광석을 채집보다 다양한 광물의 채석이 가능한

화성과 목성 사이 띠 이루는 광석을 채집하는 섯이 주요 임무다 임무 시
간 여덟 시간 둥둥 떠가는 스페이스 버스 속에

모니터로 되어있는 창가를 바라본다. 모두가 잠들기는 했지만
나는 잠들지 못했다

상상도

ⓒ 홍찬표, 2023

초판 1쇄 발행 2023년 6월 1일

지은이   홍찬표
펴낸이   이기봉
편집   좋은땅 편집팀
펴낸곳   도서출판 좋은땅
주소   서울특별시 마포구 양화로12길 26 지월드빌딩 (서교동 395-7)
전화   02)374-8616~7
팩스   02)374-8614
이메일   gworldbook@naver.com
홈페이지 www.g-world.co.kr

ISBN   979-11-388-1960-2 (03810)